韓国文学の源流

月光色のチマ

달개비꽃 엄마

韓《ハン》勝《スン》源《ウォン》 한승원
井手俊作［訳］

書肆侃侃房

この本を天国のわが母に捧げる。

This book is published with the support of Literature Translation Institute of Korea (LTI Korea).

装幀　毛利一枝

月光色のチマ

［主な登場人物］

「私」――――著者ハン・スンウォン自身
チョモン――――「私」の母
ウンギ――――「私」の父
ヒウォン――――「私」の弟
キョンウォン――「私」の弟
ヨンヨプ――――チョモンの母
トゥサム――――チョモンの父
ホンギ――――チョモンの弟
スンシル――――ウンギの最初の妻
キム氏――――ウンギの母（チョモンの姑）
チュニル――――ウンギの父（チョモンの舅）
チョン氏――――ウンギの祖母（チョモンの大姑）
チャンバンネ、テセプ、スニ――チョモンの幼友達

I

前世のわが若き日の夜には、満開の白蓮が笑いさざめく堤の方へと虚空の白い月光が絶え間なく流れていた。（……）私は今この世で、月明かりの衣をまとい白蓮の花が薫る女神を探し求め、はるか遠い道を歩いてきた。

——詩「愛するわが女神*」より

*作家の詩集『別れるための練習時間』（二〇一六年／叙情詩学）に収録。

露草

私は生まれてこの方ずっと、裾がゆったりした月明かりのチマに身を包んだ女神を必要としてきた。私を産み、母乳を飲ませて愛しみ、絶望し、挫折し、彷徨《さまよ》っていれば慰め癒やしてくれる救いの女神を。

初秋の陽光が降り注ぐ真昼、手入れの行き届いた芝生のうっとりするほどなだらかな母の墓前にたたずんだ瞬間、私は産み月になった女神のふっくらした腹部を思い浮かべた。葬式の際にショベルカーで母の遺骨を納めるため縦に深く掘ったくぼみは、女神の蓮の花形だった。

墓前に伏して別れのあいさつを終えたとき、一塊の白い雲が東北の空へと流れていた。その雲の形がインドの白い象に似ていると思いつつふと足元に視線を落とすと、芝生に立つ私の足先に、太麺のように茎の肉付きがいい一本の露草の蔓《つる》がはっていた。その蔓の節々に咲く、形が鶏冠《とさか》に似た幾房かの藍紫色の花が私を見つめ、笑いかけていた。

数年前、海山土窟《ヘサントグル》（「海山」は作家の号、「土窟」は土を掘った穴の意。作家は全羅南道長興にある書斎兼自宅を「海山土窟」と名付けている）の庭の芝生に生えていた露草、雌日芝《めひしば》、藜《あかざ》、莧《ひゆ》、鉄葎《かなむぐら》などを引き抜いて椿の根元に積み上げておいたところ、ほかの草は枯れてしまったのに露草だけが生き残り、藍紫色の花を咲かせた。

創造の女神はひょっとすると、自らのように強靭《きょうじん》な生命力と多産性を備えさせるために露草の茎と葉はずんぐりと太く、長めのおしべとめしべは煽情的な黄色に、花弁は奥ゆかしく控えめな色合いにしたのかもしれない。

このずんぐりした露草の花のように生涯を強く生き抜いた女性、私の母のためにこの小説を書き残したい。この小説は、私の殻でもあり根でもある〈母の深読み〉のつもりである。

鬱症

その年、

私の家で暮らしていた母が東豆川市《トンドゥチョン》（ソウルの北、京畿道（キョンギド）の北部中央にある市。米軍基地がある）にある妹の家に引っ越した翌日から、私に老人性の鬱《うつ》症状が現れた。それは、私の魂と体の閉塞、保護膜をなくした喪失感と寂寥《せきりょう》感による情緒不安と絶対的な孤独の故だった。この不安と孤独は、私がそこに陥ったことを自覚したにもかかわらず、容易に抜け出すすべはなかった。それは、もがけばもがくほど深みにはまっていく底なし沼のように私を悲しませ、絶望させた。

母が使っていた部屋に入り、鬱々とした冷気だけがこもっているがらんとした空間に、よくぼんやりと突っ立っていた。すると、胸のどこか深い部分が、コオロギの鳴き声に似た耳鳴りのような音を立てながらひりひり痛み、時の流れが止まってしまったように意識がもうろうとなった。私の心身のどこかに潜んでいた正体不明の熱いおえつが、寒々とした旋律を伴って喉と鼻腔と目頭にもぞもぞとはい上がってきた。

鬱々とした気分から脱け出そうと海辺の散策に出掛けたり書斎で本を読んだりしていると、あたかも隙間風がひどく吹き込む部屋で分厚い防寒着と内着を脱ぎ、薄い単衣《ひとえ》の着物だけをまとっているように、ぞくぞくと寒くわびしかった。

窓の外は黒い雲に覆われ、陰々滅々とした世界だった。そこにぼたん雪が舞っていた。幼いころ母が聞かせてくれた昔話のように、ぼたん雪はしんしんと降り積もっていた。雪は、庭木の枯れ枝に綿菓子に似た白い花を咲かせたかのようだった。風邪を引いて喉と胸が痛むのに、体がきついと言って甘える相手がいなくなった。あと一、二年で百歳になる母が、七十代半ばの私を置いて東豆川市に住む末娘の家に移ったのは、目を覆いたくなる悪夢のようだった。

膝の痛みのため体を動かすのが難儀な老いた嫁、私の妻が用意した食膳を前にして、部屋の床をさじでコツコツたたきながら演説をするように、自分の金を盗んだと息子の私までひっくるめてしばしば大声で責め立てる、すっかり別人のようになってしまった母。

その母がタクシーで千里（韓国の一里は日本の一里の十分の一で約四百メートル）の彼方に行ってしまってから、私は孤児になった。午後ずっと綿入れの掛け布団にくるまって目を閉じたまま、体をエビのように丸めていた。ぞくぞくと悪寒のする老いた魂の鬱を紛らわそうと、幼いころ母が語り聞かせてくれた昔話を思い浮かべた。

太陽と月

〈昔々、大昔、空には太陽も月もなく、あるのは星だけで、世界全体が薄暗かったの。そのころ、二人の子を育てて暮らしている一人の母ちゃんがいたのよ。その母ちゃんは息子や娘をたくさん産んだけど、一人また一人と病気で死んじゃって空のお星さまになり、兄ちゃんと妹だけが生き残ったの。

母ちゃんはきょうだいに、まじめに正しく暮らしていたらいつか、高い空に浮かんだ大きな光の球になって世の中をぱっと明るく照らすようになるのだよって、いつも言い聞かせていた。きょうだいは母ちゃんの教えをよく聞いて真面目に暮らしながらまめまめしく薪割りをし、合間に読み書きの勉強もしたのよ。

体がすらっとしていて顔立ちが美しく心根の優しい母ちゃんがある日、木立が空に届くくらい高くぎっしり生えた十二の峠を越えて、遠く離れたよそに出掛けて機織りをし、餅を十個もらって家に帰る途中、行く手に腹黒い虎が現れたの。

最初の峠を越えたとき、その虎が青い目をかっと見開いて前に立ちはだかり、「餅を一個くれたらおまえを逃がしてやる」と言ってね。それで母ちゃんは餅を一つ渡してその場を逃れたのだけど、次の峠を越えようとしたとき、虎がまた餅を一個くれたら逃がしてやると言うものだから、餅をもう一つ渡して難を免れたのよ。ところが、三つ目の峠、四つ目の峠、五つ目の峠、六つ目の峠、七つ目の峠、八つ目の峠、九つ目の峠、十番目の峠と、越えるたびに一個ずつ餅を取られて、母ちゃんの手元には餅が一つもなくなってしまったのよ。

母ちゃんが十一番目の峠を越えようとしたとき、虎が「おまえのおっぱいを一つ俺にくれたら見逃してやる」と言ったの。それで母ちゃんは片方のおっぱいを渡してその場から逃れ、十二番目の峠に上ったとき、虎は、もう一つのおっぱいをくれたら食べないでいてやると言ってね、それで母ちゃんは家にいる子どもたちに会いたい一心で残りのおっぱいまで渡したのよ。だのに虎は約束を破って哀れな母ちゃんを食べてしまってから、母ちゃんの服を着て幼いきょうだいが留守番をしている家に行き、母ちゃんのふりをして二人を食べようとしたのよ。

母ちゃんじゃなくて虎だと気づいたきょうだいは、家から飛び出して川辺にある空に届くほど高いポプラの梢に登って隠れたわ。ところが虎はきょうだいを食べようとそのポプラの木をよじ登ってきたの。きょうだいは互いに抱き合ったまま悲しそうな声で神様と死んだ母ちゃんに助けてくださいと祈り続けた。

虎に食べられてしまった母ちゃんの魂は天に昇ったらすぐに、ちょうど奥方に死なれて男やもめになっていた神様の後妻さんになったそうなの。後妻さんになった母ちゃんに神様は、おまえに似たきれいな星を毎年一つずつ産んでほしいと頼んだの……母ちゃんは神様に、仰せの通りにいたしますと言ってうなずきはしたけれど、地上に残した二人の子が気掛かりで、涙を流しながらずっと地上を見下ろしていたの。そうするうちに、ポプラの梢に登って神様に助けを求めて祈っている息子と娘を見つけたの。

母ちゃんは神様に、ポプラの梢に登っているきょうだいを助けてくださいと懇願したのよ。神様はすぐに太くて丈夫な綱を下ろしてやり、きょうだいはそれにつかまって天に登っていったの。虎はきょうだいに追いつこうとして、彼らがしたように悲しそうな声で神様に助けてと頼んだの。

虎のずる賢い魂胆をお見通しの神様は、腐った部分がある綱を下ろしたの。そうとも知らずに虎は、陰険にヒヒヒと笑いながら、その綱を伝ってきょうだいを追ってよじ登っていったの。ところが綱はいきなり腐った部分でちぎれ、弾みで虎はウァーと叫びながら地面に落っこちたのよ。そして、よりによってお尻の穴に唐黍《とうきび》の茎の鋭い先が刺さって死んだの。だから今でも唐黍の根元をちぎると虎の血がにじんでいて真っ赤なのよ。

神様は天に登ってきた心根が良くて勇敢な兄を太陽にし、顔が色白で美しい妹は月にしたの。それでこの世は今、こんなふうに昼も夜も光に満ちあふれているのね。おまえたちもこのきょうだいみたいに勇敢に、そして善良に暮らしていたらいつの日か、ぱっと明るい太陽と月のような人間になれるわ。きっと。

ご飯

いくらか認知症がある母の世話をするのは、七十代半ばの私たち夫婦には無理だった。思うように体を動かせない母を老いた私が負ぶってトイレに行き、便器に座らせ、再び負ぶって部屋に戻る作業を続けることはできなかった。私は末っ子の妹に電話し、母の世話を頼んだ。妹夫婦は私たち夫婦より二十歳若かった。妹はずっと以前から、母の世話をさせてほしいと望んでいたのだ。

妹は、私が高校を卒業した翌年の冬に母が高齢で出産した末っ子だった。私は暗黄色のジャンパーのファスナーを下ろし、その中にかわいい人形のような赤ん坊を入れてファスナーを上げ、両手で揺すりながらよく村内をカンガルーのように跳ねて回り、赤ちゃん自慢をしたものだった。

母の懐で育っていた小学生の末っ子の妹を、ほかの二人の弟や妹と一緒に私たち夫婦が光州《クァンジュ》（全羅南道の中枢都市で、現在は光州広域市）で娘のように育て、中学校、高校、大学に通わせたのだが、成人した末娘は母への思慕がこの上なく強かった。余命がいくばくもない母を束の間でも世話できなかったら、心残りをずっと引きずって生きていくことになると、しょっちゅう私と妻に訴えていた。

暮らし向きがまだましなぼくが母の面倒を見なくては、生計が厳しくて共稼ぎをしているおまえがどうやって世話をするのだ、そう言って反対し続けてきたのだが、実は、それは一種の言い訳だった。母の世話をすることは全世界を手中にすることにほかならず、母を誰かに渡すことは、その全世界を失うに等しいと思っていた。母は、私の魂を保護膜のように包む殻でもあり、根でもあった。母はいつも私に生命力と勇気と知恵をもたらす源泉でもあり、ぽかぽかと温かい女神のような慰めでもあった。

私の体質は母に似ていた。私が病気をこじらせたときは、百歳近く生き永らえている母に似て私も長生きするだろうと思いながら、つらさをこらえたものだった。私がこれまでずっと小説や詩を書いてきたのも、幼い弟や妹を助けたのも、実は母に褒められたかったからで、そうさせたのも母から受け継いだ生命力そのものなのだと思いながら、私は生きてきた。

母はどんなことがあっても食事を欠かさなかった。インフルエンザにかかったり体調を崩したりして食欲がなく、料理を咀嚼《そしゃく》して飲み下すことができなくても、よく汁ご飯にして胃に流し込んだものだ。

高校を卒業した年から三年間、交通事故で体が不自由になった父の代わりに、不慣れな野良仕事をしたり荒れた海で海苔養殖をしたりしていたとき、私は無理な労働を頑張りすぎたせいでよく体を壊した。発熱して体が火照るように熱く、気力が抜けてぐったりし、何も口にする気が起きずに母が押しつけた食膳を嫌がって押しのけると母は、何と言ってもご飯が一番の薬なのよと言いながら、無理にでも汁ご飯を飲み込むように強いるのだった。

「おまえ、吐き気がしてうぇっと戻すほどでなかったら、えいやっと飲み込んでごらん。ともかく飲み込んでおいたら、ご飯ほど良い薬はないんだからね」

無理強いする母に逆らえず私が汁ご飯をなんとか飲み込むようにすると、私の体はやがて回復した。母の言葉の意味を体に刻み込んだ私はこれまでずっと、どんなに体調が優れなくても食事だけは決して抜かずに暮らしてきた。今の私の健康は、母の教えのおかげなのだ。

私が仕事で小説を書くのも同じようなものだった。気乗りがしなくても、時間を決めて毎日ともかく机に向かい、しゃにむに書き始めると、いつしか私の体内に潜んでいた宇宙的な律動が蘇り、いつもの習慣が戻って水があふれ出すように文章が書けたものだ。

別れのあいさつ

千里離れた東豆川市にある末っ子の妹宅を訪ねてみてすぐに、母を妹に預けて良かったと思った。妹は、娘が実母の世話をすることと、嫁が姑の世話をすることの違いをはっきり示してくれた。

妹は画家で、白い綿毛を付けた蒲公英《たんぽぽ》のように軽くなった母の姿をあれこれとキャンバスに描きながら日々を過ごし、母は末娘の画家としての成功を一日千秋の思いで願いながら暮らしていた。数年前、母が私と一緒に生活していたころ、母は妹の個展のパンフレットをのぞき込みながら、「この子がちゃんとした絵描きになるのを見届けるには、母ちゃんはうんと長生きしなきゃいけないみたいだねぇ」とつぶやくのだった。

老いた母を蒲公英の種で表現した妹の作品群は、多くのことを示唆していた。神話のようなその絵を見た瞬間、私の胸の内にヒューという、何かが裂けて流れ出る音が聞こえた。あぁ、母はいつか、あの白い綿毛の種のようにどこかにふわふわと飛び去っていくのだ、と。

母は計り知れない霊感と直感を備えていた。亡くなった小説家の李清俊《イチョンジュン》（一九三九―二〇〇八。韓国を代表する作家の一人。韓勝源と同郷の全羅南道長興の出身で、同じ年に生まれた。彼の小説を原作とした映画「西便制（ソピョンジェ）」（林権澤監督／一九九三年）は、日本では「風の丘を越えて―西便制」として公開された）が私の家にやって来て、体を深々と伏せて母にあいさつをし、「とても健康そうなご様子ですね」と言った。そのときは早春だったのだが、母は彼の両手を握ってなでさすりながら言った。

「最近は、枯れ木の中を流れる水の音が聞こえるのよ」

その言葉を聞いた瞬間、私は全身に戦慄が走るような気がした。

母は妹の家に居所を移した後、より高い世界に向かって、神聖で詩的に熟しつつあるのだと思った。


母の体は以前よりもやせて小柄になったように感じられたが、純粋で、堅固で、清らかになっていた。薄くなったショートの髪の毛は霜が降ったように白く、顔には若干紫がかった暗赤色の染みが浮き、まぶたは垂れて、白内障の手術を受けたことのある両目にはぼうっと白い目星ができていた。薄くなった唇は麻痺《まひ》のため幾分左側にゆがみ、その方に唾液が流れた。

臀部《でんぶ》に帯状疱疹ができてつらいはずなのに、母は千里の道をやって来た老いた息子を明るい表情で迎えた。濁った目を大きく見開いて私の顔を見つめ、手のひらと指先で私の両頬を包み、額と耳と上まぶたをなでさすりながら、私の顔に寄ったしわ、暗赤色の染み、白髪を残念がった。

「おまえはずっとずっと長生きしなきゃいけないのに……かわいい顔になんでまたこんなものができたのかねぇ！」


私もずっと以前に帯状疱疹にかかったことがある。その痕が左眉付近に、あばたのような傷となって残っている。この疾患は、体の免疫力が落ちたときに体内に潜んでいるウイルスが活動し始め、神経組織を伝って巡りながら細胞を攻撃して膿《う》ませるために痛みがひどいのだった。老人にとって帯状疱疹のウイルスは、潜在している死の因子としての役割、死の拮抗《きっこう》と張力の働きをしているはずだ。

母は数日間の入院の後に退院したが、これといった治療薬もないため、鎮痛剤を投与しながら自然に治るのを待つしかないと妹は言った。治療のためには母の心身を安定させ、高タンパクの栄養を摂らないと駄目なのにと妹は言った。

私は帯状疱疹を患っている母の生物学的な命が遠からず消滅するものと思い、容体が急変した場合に末期《まつご》の水を取るため千里の道を駆けつけることができないと考え、母に私の姿の見納めをさせ、私も母の姿を記憶に刻み込むために会いに行ったのだ。この日、私が母と会ったのは別れのための一種の悲しいあいさつなのだった。

妹とその夫（義弟）は、私と母の最後の面会と別れのあいさつのために特別な席を用意してくれた。彼らは、伝統的なレシピによる料理を出すという中華料理店を予約していた。

リビングで体を丸めている母を義弟は両手で軽々と抱き上げ、車椅子に乗せて後ろから押した。〈百年の客〉（韓国のことわざに「婿は百年の客」とある。「婿は、結婚した娘を大事にしてくれる人なのだから、いかに親密でも礼儀を守り、永遠の客のように丁重に迎え大切にすべき存在」という意味）である末っ子の婿にそのように世話されるのに慣れているように、母は気兼ねしたり決まり悪がったりせず、明るい表情を浮かべていた。末っ子の妹婿は、幼子のような義母をいつも車椅子に乗せてスーパーやデパートの店内見物をさせたり、遊園地や花見、近所の寺院散策に連れていったりしてきたのだった。

義弟は気立てが優しくてよく気が利き、温厚だった。日差しはまぶしく、そよ吹く風は美しく柔らかかった。母を乗せた車椅子を義弟が押し、その後に私と妹がついて行った。母は帯状疱疹のため臀部が痛むにもかかわらず、私と一緒に外出する喜びと楽しさを隠そうともしなかった。大人と一緒に遠足に行く少女のようになっていた。

私より二十四歳年上の母は、二番目の息子である私を家庭の大黒柱とみなして、ほかの息子たちが居合わせた場でよく〈わが家の英雄〉と呼ぶものだから、私はそのたびに居づらい思いをし、決まりが悪かった。母が高齢で出産した幼い子どもたちを父親代わりに育て、学校に通わせ、結婚させた上に、家庭全般の見通しを立てて備えをし、借金や代金を支払った手柄を、そのような表現でしばしば持ち上げてくれるのだった。

母自らが語る〈わが家の英雄〉の褒め言葉は私への最高の称賛だったが、他のきょうだいにとっては聞きたくもないもので、羨《うらや》みと妬《ねた》みのもとになるはずだった。私が母の愛情を独占してしまったために、自分たちはその他のよけいな子だと思いはすまいか。私が母に、後生だからそんなふうに言わないでほしいと頼んでも、母はその言葉をしょっちゅう口にしたものだった。

故郷に住んでいた幼いころの私は、母に褒められたくて真面目に勉強し、牛に草をやり、子牛に与える柔らかい飼い葉を刈り取って運び、薪割りをしてそれを担いできたりしたものだった。私は、母の誉め言葉によって手なずけられた息子なのだった。

私は世の〈母〉という存在を、子どもたちにいつも愚かに奪われながらも常に慈悲深く与える、子宮の権力者だと考えている。

〈谷神《こくしん》は死せず、是《これ》を玄牝《げんぴん》と謂《い》う。玄牝の門、是を天地の根《こん》と謂う〉（老子「道徳経」第六章の原文は「谷神不死、是謂玄牝。玄牝之門、是謂天地根。綿綿若存、用之不勤。」）と老子は言った。現代の表現では、谷神はもの静かな雌であり、その雌の門は宇宙の根本という意味である。宇宙を生成する女性性と母性性の子宮を、老子は谷神と呼んだのだった。宇宙を育み生かす母性性の大地や、海、川、沼、農地、都市の市場なども、谷神であり得るはずだ。

私は、自分の母を谷神だと思っている。母は私をはじめ多くの子を産み、私は教職に従事する傍ら物書きとして多くの作品を書き、幼い弟と妹を育て、教育を受けさせ、結婚させて独立させたが、それは母の宇宙的な子宮の力によるものだった。

母は五十二歳で寡婦になった後、唯一経済力があった次男の私を直接的に利用したのだが、私は母の粘り強い生命力に感銘を受け、半ばは自分の意思で、半ばは他者の意思で利用されずにはいられなかった。あるいは、〈利用した〉という言葉は正しくないかもしれない。利用したというより、母が〈自分の意に従わせた〉という言い方がしっくりくるのではないだろうか。いずれにしても、母に対する生来の常ならぬ負い目を感じながら私は生きてきた。


世のあらゆる子宮の力は不思議な神秘そのものだと、ある生体研究者が言った。子宮は、自分が身ごもって育んだ赤ん坊を外界に送り出した後も、母体とその赤ん坊に関与し干渉する。母体と赤ん坊を目に見えない紐で結びつけているのだ。子宮は赤ん坊と母体が分離しないようにするホルモンを分泌して母体に干渉する。つまり、母体をして赤ん坊の世話をさせ、近くに置いて保護しながら乳を飲ませ成長するように促すのが子宮なのだ。母のそのような干渉ホルモンは、私が大人になるまでずっと、そして、老いてからも分泌されて私を自分の子宮に入れているかのように干渉し、支配してきたのである。

天の秤

母は自分が産んだ子らを、等しく良い暮らしができるようにした。

私の小説『アジェ・アジェ・パラアジェ（仏門に入った女性の愛の遍歴を描いた長編小説。タイトルは、般若心経の真言・マントラの末尾付近にある一節「羯諦羯諦波羅羯諦」で「往き往きて、彼岸に往き」といった意。この小説を原作とする同題の映画（林權澤監督／一九八九年）は、日本では「ハラギャティ」として配給された）』（一九八五年）が映画化され、本がベストセラーになり、〈第三世代韓国文学全集〉に収録された私の作品に対する印税が次々に入ってきたとき母は、教職を辞めて絵画に専念しながら暮らしている末娘の妹を連れてきて、小さなアパートを一軒買ってくれたら年を取って死ぬまで末娘と一緒に暮らすつもりだとねだった。私と妻は仕方なく上渓洞《サンゲドン》（ソウルの蘆原（ノウォン）区にある地名。洞は、市や面や区の下に位置する行政区画の単位）の小さなアパートを一軒購入した。このアパートはその後、貧しい画家の妹の生活基盤になった。

ところが、妹が結婚するとすぐに母は、間借り生活の兄の家に居所を移した。兄の間借り家の二部屋に比べたらお城のように大きな戸建ての私の家に来るようにせがんでも、母は一向に首を縦に振りはしなかった。性格が合わずいつも言い争っていたという理由で上の息子を嫌いながらも、その息子の家で暮らしたいという母の胸の内を、私は理解できずにいた。

長男である兄が間借り生活をしている限り、私たち夫婦は世間体が悪く気まずかった。私たちの家庭では、進歩的な考え方をする母の求めで全ての法事を一回で済ませた。母は、朝鮮という国（李氏朝鮮（一三九二―一九一〇）のこと）は法事ばかりしていて滅んだのだと言い、各先祖の法事を一日にまとめて、できる限りこぢんまりと行うよう命じた。それを最も喜んだのは父方の一番上の孫である兄とその嫁だった。

間借り生活の兄の家庭は、自分の息子が運営する小さな食堂で真夜中に合同の法事を行った。その翌日、母がやって来て私に言った。

「食堂でご先祖様の法事をするなんて恥ずかしいことだよ。おまえの兄ちゃんがもし家を買えたら、私は死ぬまでずっとおまえの兄ちゃんの家で暮らすつもりだ」母がそう言ったことで私たち夫婦は、母が上の息子の家庭を間借り生活から脱け出させてほしいのだと悟った。

当時、ソウルの牛耳洞《ウイドン》（ソウルの江北（カンブク）区にある地名）と雙門洞《サンムンドン》（ソウルの道峰（トボン）区にある地名）ではテラスハウスを建てるのがブームになっていた。私たち夫婦は雙門洞の牛耳川河畔に新しく建てられた一軒のテラスハウスを買い、兄の家族に譲った。間借りしていた兄一家がテラスハウスに引っ越して以降、母は兄の家の一室を居所にして暮らした。ところが、兄が交通事故で亡くなると、寡婦になった兄嫁に母を任せるわけにはいかず、私は故郷の長興《チャンフン》（韓国南部、全羅南道最南部に位置する郡。南北に長い地域で、南端は海に面しており、半農半漁のこの地域で著者の韓勝源氏は生まれ育った）に引っ越すとともに母の世話もすることにした。

母がまだソウルの妹宅に行かずに故郷の家で三番目の息子ヒウォンと暮らしている間、母は秋に二かます分の米を、当時は光州で教職生活をしながら三人の弟と妹を学校に通わせていた私によく送ってくれた。母は、ヒウォン夫婦が農業と海苔養殖をするのに必要な資金を私からしばしば借りていった。私は、原稿料として入ってくる金を全部はたいたり、学校の信用協同組合から借り入れたりして、しばしば母に渡した。農業と海苔養殖をして返すと母は言うのだったが、約束通りに返すことはできなかった。ヒウォンの農業と海苔養殖が思うようにうまくはいかなかったのだ。

ヒウォン夫婦は、農協や水産協同組合から借金しながらも、母を通してよく私から金を持っていった。言葉では弟が母の世話をして暮らしていると言っても、実際は、母が弟夫婦の世話をしているのだった。その弟の暮らし向きが苦しくなると、母はしばしば私の所に駆けつけて金を持っていき、弟に握らせて慰めるのだった。

海苔養殖にも近代化の波がやって来た。村では五、六人の小作人が合資で海苔加工工場を設置して運営するブームが起きた。手仕事で行ってきた海苔生産が企業化し、機械化していた。巨額の投資が必要な半自動式の加工工場で海苔を生産するには、海に網ひびを百枚くらい設置しなくてはならなかった。海苔を採取するにはエンジン付きの船を所有してそれに乗らなくてはならなかった。ほかの人はみんな海苔加工工場に加わったのに、ヒウォンだけが参加できずに手作業でしていたため母は悲しがった。ちょうどある加工工場で小作人を一人求めていた。

ヒウォンをその工場に小作人の一人として参加させようと、母は行動に出た。そのとき私はソウルに住んでいた。弟や妹たちが結婚したり卒業して職場を得たりして家を出ると、四十代になりたてだった私は光州での教職を辞して三人の息子と娘を伴ってソウルに引っ越し、専業作家として暮らすようになった。

ソウルに駆けつけた母は、私に苦しい事情を訴えた。

「ヒウォンが海苔加工工場をできるようにちょっと後押ししてくれないかねぇ。ほかの衆はみんな工場で海苔生産をしているのに、ヒウォンだけが手作業なんだよ。私はあの子が不憫で恥ずかしくて仕方ないんだよ。兄ちゃんはソウルでしっかり暮らしているっていうのに、その弟はあんなにみじめな暮らしをしているよって、おまえが村人たちに悪口をたたかれてもまずいしね。おまえが学校に通っていたとき、あの子はおまえの家来役をしていたじゃないか。世間の人たちはみんなそれを知っているんだからね」

私は、光州に住んでいたころヒウォンに用立てした金をまだ返してもらっていなかった。母は、ヒウォンと農作業をしたり海苔養殖をしたりして得た金を弟たちの入学金に充てると言ったが、実際には、私から借りた金の方が彼らの入学金よりもずっと多かった。しかし、今は弟たちを皆独立させたのだから、ヒウォンに都合した金はなかったことにして、私は三人の子どもを養育し学校に行かせることだけを考えていた。これからのソウル生活を安定させるには、二度と誰かに金を用立ててはいけなかった。

しかし母は、おいそれと引き下がりはしない。私が金を手に握らせなければ故郷の家には帰らないと意地を張った。物書きをしている私の机の横に立って、切なそうな声で苦しい事情を訴えるのだった。

「加工工場の小作人になるには、二千万ウォンの加盟金が要るんだよ。機械船を買い入れるのは、借金をして後で海苔を生産して返したらいい。加盟金の二千万ウォンだけでいいから都合してくれないだろうか。その先はもうおまえの手を借りずに済むようになるから。去年海苔の加工工場に加わった人たちはみんな金持ちになったんだよ。最初の年の冬だけ我慢したら、おまえから借りたお金は全部返せるはずだから」

私は台所に行って妻に、母が言ったことをそのまま伝えた。妻はこわばった表情で「私にはわからないわ、あなたの思うようにして」と言った。妻さえ許してくれたら、二千万ウォンを作ることはできた。通帳に三千万ウォンくらいはあった。長編連載の原稿料と映画の原作料、文学全集に入った本の印税が通帳に貯まっていた。私は妻に「だまされたと思って、今度だけ都合してあげよう」と言った。

母は私が銀行から下ろした二千万ウォンを布でぐるぐる巻き、腹帯をするように下腹にくくりつけて故郷の家に帰っていった。ほどなくしてヒウォンが海苔の加工工場の小作人として参加し、農協と水産協同組合からの借金でエンジン付きの船を準備し、百枚の網ひびを設置したとの連絡が届いた。

ヒウォンは滑り出しで、かなり首尾よく海苔を収穫した。彼は生産した海苔で借金を全部返せるという希望に燃えて熱心に働いた。仕事が面白くなったのか酒の量も減った。ところが、台風がやって来た。テレビで大型台風が接近中という予報を見た故郷の村人は皆、海に出て船を砂浜の上の方に引き揚げた。ところがいざ台風が来ると、その威力のすさまじさは予想をはるかに超えていた。家一軒ほどもある大波が砂浜の船を不意打ちした。住民は船の錨綱《いかりづな》を、幹が一抱えもある山裾の大きな松の根元にくくりつけた。そして、そのそばで斜めに横たわったまま荒波に殴りかかられている船を守ろうと死力を尽くした。ヒウォンも同じように船にしがみつき、一軒家のような大波の中で死闘を繰り広げた。

台風の勢いが弱まったとき、ヒウォンの船はひしゃげたまま砂に半分以上埋もれていた。ヒウォンは魂が抜けてしまった。押し寄せる一軒家ほどの大波の光景が脳裏から消えなかった。百枚の網ひびは強風に吹き飛ばされて跡形もなかった。田畑を全て売り払っても返済できない借金が、彼の心身を蝕んだ。炭塵のように黒々とした絶望と精神的なダメージが彼の魂をのみ込んでしまった。おびえた彼は夜中に眠れないまま、村の雑貨屋にしょっちゅう出入りして空っぽの胃に焼酎ばかり流し込んだ。

台風が去った後、村人らは砂の山を掘り返して潰れた船を取り出し、修理をしていたが、ヒウォンは海に出ようともせず酒浸りになっていた。しっかりしなさいと母が叱るとヒウォンは、部屋の床にぱたんと寝そべったまま胸の中央をこぶしでたたきながらしゃべりまくった。

「この胸の中が煮えくり返って張り裂けそうだ。海苔だろうが田畑だろうが……もうこの世の何もかもが嫌になっちまったんだよ」

翌朝、ヒウォンは「母ちゃん、俺を捜さないで」と言って家を出ていった。母は引き止めようとしたが、ヒウォンは風のようにどこかに姿を消した。母は、ばたばたとソウルの私の所に駆けつけ、台風の被害と絶望したヒウォンの家出について語った。

「ヒウォンはどこかに行っちまって家にいないのに、借金取りが押しかけてきて……おまえがこっちに来て後始末をしてくれないか。生きていく自信をなくしたみたいなんだよ。とんでもないことをしでかさないといいけど。借金返済のため田畑を手放すことになりそうだから、とりあえずおまえが来て借金を返済してやって、代わりに二千坪の田畑を全部おまえの名義にして、母ちゃんがあの子と一緒に農作業でもしながら静かに暮らせるようにしてくれないだろうか。海苔加工工場の問題は心配しなくてもいい。そこを脱退して戻る二千万ウォンを工場の小作人たちからもらえるようにしておくれ。機械船は砂浜に埋まっているから、それを引っ張り出して修繕したら半額くらいは取り戻せるだろうからね」

母が付けた火を、私に消してくれと言うのだった。銀行で多額の金を下ろして母と一緒に徳島《トクト》（長興郡南端に位置する地名。かつては島で、この作品では渡し船で行き来する情景が描かれているが、現在は埋め立てにより陸続きになっている）の家に向かった。給料生活をしている弟たちに電話をし、ヒウォンの借金返済の三分の一を受け持つように言った。

あちこち捜し回った末にヒウォンが冠山《クァンサン》（長興郡南部にある山）のソルチ集落で作男暮らしをしていることがわかった。私は弟のキョンウォンに、ヒウォンを見つけて連れ戻させた後、全ての債権者に金を持っていくよう通知した。海苔の種子代とナイロン網代を返し、翌日には会鎮《フェジン》（長興郡南部の地名）の水産協同組合と農協に行って借金を返した。私は債権者から領収書をきちんと受け取って整理した。借金の肩代わり返済をした見返りとしてヒウォンの田畑を自分の名義にする考えはなかった。ヒウォンの心を落ち着かせ、農業に専念しながら母の世話をして生活できるようにしようと思った。領収書は私がしまっておいて、ヒウォンの息子が成長したら渡すつもりだった。

ところが何もかも、母と私が望んだ通りにはならなかった。ヒウォンは海に対する恐怖心、生きることへの絶望、心に受けた傷を克服できず、心に大きな空洞を抱えて腑抜けのようになってしまった。彼は海に顔を向けもしなかった。自分の田畑での仕事にも興味を示しはしなかった。暇さえあれば村の雑貨屋に入り、酒の陳列棚に置かれた焼酎瓶をつかんでラッパ呑みした。一瓶や二瓶では呑み足りずに組合の購買所に行き、焼酎を瓶ごと手に持ってがぶ呑みするのだった。村の横町を歩き回って酔いがさめそうになると、またもや雑貨屋に入って酒を呑んだ。

私は村の雑貨屋を回ってヒウォンの呑み代のつけを全部払い、店主に「頼むからうちの弟に酒を出さないでくれ」と言ったのだが、彼は不機嫌そうに答えた。

「酒を出すも出さんもないよ。店に入るなり酒瓶をつかんでラッパ呑みするのを、どうしようもないじゃないか?」

五日間も徳島の家で過ごしながらヒウォンが酒を呑まないように見張ったのだが、夜中にしばしば起きて風のように自分の足で出掛けてしまう彼を引き止めることは到底できなかった。雑誌社から原稿を催促されていた私は、自分の運命は自分で負えと言うよりほかにすべはないと思いながら、ソウルに戻った。

それ以降、母はヒウォンの後をついて回りながら酒を呑まないようにしているうちに疲れきってしまった。ドアに鍵をかけて見張っていても、一人で泣き顔のままぼんやり座っていると思っているうちにドアを蹴飛ばして出ていったりするのを、引き止めることはできなかった。夜に家を飛び出しては呑み、夜明けにも出掛けては呑み回った。

とうとうヒウォンは空嘔吐をし、げっそりと痩せこけて幻覚を見るようになった。真っ黒い鬼が自分を捕まえにくると言って、納屋や台所の暗がり、便所に隠れたりもした。母はヒウォンを光州基督病院に連れていき、入院させて看病した。十日後に退院させ家に連れて帰ったが、彼はまたしても酒を呑んだ。そうこうしているうちにある夜、部屋の隅にうずくまったまま断末魔のけいれんを起こし、死んでしまった。

ヒウォンは二人の息子と一人の娘を残して逝った。彼の柩が埋葬されるとき、私は心の中で「子どもたちのことは心配するな。俺が学校にも行かせてやるからな」と彼に約束した。

母が育てていたヒウォンの娘をソウルに連れていって美容学校に通わせ、息子のチウンを高校に入れた。娘はヘアデザイナーになり、息子は自動車整備技術を学んでいたが、長興の村内バスターミナル前の一等地にカーセンターを出店し、ある娘と結婚した。その息子がカーセンターを出店する土地を探す際に私は、交通の要となる場所に土地を買うよう強く勧め、地主を訪ね回りながら事情を訴えた。不足分の購入資金を補うために私の名義にしていた故郷の徳島の田畑二千坪を売却して都合してやった。母は、思いに反してしっかり見守ることのできなかった三番目の息子ヒウォンの子どもたちがきちんと暮らせるように願い、よく私に切々と頼んだものだ。子どもたちが皆、等しく良い暮らしができるように願う母の魂の中には、理解を超えた天の秤《はかり》のような均衡感覚が収まっていたのだった。

小豆粥

末の妹夫婦が案内した中華料理店のホールは広かった。私たちはホールの片隅で母を囲んで座った。最初に酢豚が運ばれ、次にジャージャー麺が出された。

「伝統の料理法で作ったジャージャー麺です」と義弟が言った。

酢豚もジャージャー麺も、母はよく食べた。母は赤ん坊のようになっており、妹は料理を小皿に取り母の口に運んで食べさせた。口の片方が麻痺して少しゆがんだ母の口に入った料理の汁と食べ残しが口の端からしょっちゅうこぼれた。妹は、母の口から流れる酢豚とジャージャー麺の汁をティッシュで拭きながら料理を口に運び続けた。その姿を見て私は鼻がずきんと熱くなった。

昔なら、自分は食べようとせず子どもたちに、さあ、お食べ、たんとお食べと言うはずなのに、今は自分ばかり料理を頬張り咀嚼して飲み込んでいた。ジャージャー麺を食べる母を見つめながら私は、自分の幼いころを思い浮かべた。

中学三年だった年の早春のある土曜日、学費をもらいに故郷の家に行ったが、母は翌朝早く、一束百枚の海苔百束を頭に載せて十五里離れた大徳《テドク》（長興郡内の地名）の市場に出掛けた。その売上金を学費として私に持たせようとしたのだった。市場に敷物を広げて海苔を並べ、昼食時が近づいたころにそれを売り切った。母は少しの小銭を残し、売上金のほとんどを私の学生かばんに入れてくれた。ちょうどそのとき、花冷え時の吹雪がどっと降りだして辺りが白っぽくなった。

「朝ご飯は簡単に済ませたから、おなかが空いただろ?」

母の言うとおり、私は腹ぺこだった。「やれやれ、雪が降りだす前にうまく売っちまったよ」と言いながら母は、私を連れて小豆粥《あずきがゆ》の店に入った。小豆粥を炊く釜からもうもうと湯気が立ち上っていた。

母は背もたれのない椅子に私を座らせ、店の女将《おかみ》に「小豆粥を一杯」と言った。頬がやや垂れた女将は念を押すように「一杯ですね?」と尋ね、小豆粥と水キムチの小鉢を一つ持ってきた。白い器に盛られた小豆粥から湯気がゆらゆらしていた。母は私の横に座りながら女将に、「さじをもう一本」と言った。女将がさじを母の前に置いた。

母も私と一緒に小豆粥を食べようとさじの追加を頼んだのだと思ったが、そうではなかった。母は冷たい水キムチの汁ばかりすくって飲んだ。

「おなかが空いたね。さあ、お食べ」と母に促されて私は、さじで小豆粥をひとすくい口に運んだ。その味は深く香り高かった。

「母ちゃんも食べてよ」

私はそう言ったが、母は「いいや、母ちゃんは朝食べたのが胃もたれして、しょっちゅうおくびが出るんだよ。この水キムチの汁を食べたらおなかの具合が良くなった。おまえこそ早くお食べ。でないとバスに乗り遅れるよ」と言うばかりだった。

私は母がうそをついていると思いながら、もう一さじ食べた。母は水キムチの具を咀嚼し、汁をすってばかりいた。私は目頭が熱くなり、涙が鼻腔を伝って口の中に流れ込んだ。涙のせいで小豆粥の味がしょっぱくなった。やるせない気持ちで小豆粥の具を噛んだ。

いつの間にか水キムチの小鉢がすっかりなくなった。母は「まったく、この水キムチはおいしいよ。小鉢をもう一つくださいな」と言った。女将は大きな器に水キムチを注いで渡しながら「どうしてそんなに水キムチばかり食べるんですか」と無愛想に嫌味を言った。

母はぎこちなく笑いながら、「おなかの調子が良くなかったけど、この水キムチを食べたらすっきりしましたよ」と言ってから、ぐずぐずしている私に再度、早く食べるように促した。小豆粥をちょっと食べてみてと母に言ってみたが、母はいやいやと首を振りながらぶっきらぼうに「母ちゃんはおなかの調子が悪くて食べたくないんだよ。おまえこそさっさとお食べ」と言うのだった。

私は涙でしょっぱくなった小豆粥をどうやって全部食べたものかと思いながら、顔をゆがめたまま食べ終えた。

母は勘定を済ませて店を出ながら「まぁ、おまえには豚肉炒めの一皿でも食べさせてから見送らなくてはいけないのに、小豆粥の一杯きりで行かせるなんてねぇ」と済まなそうに言った。私が長興行きの満員バスに乗るのを見て、母は白い手拭いを頭に巻いた。花冷え時の風が吹き、雪が降りしきっていた。一杯分の水キムチを食べただけで、この吹雪をかいくぐるようにして十五里の道を歩いて家に戻るはずだった。

不思議

私は中学一年のときに長興邑《ウプ》（邑は道の行政区域の一つ。人口二〜五万人程度）のウォンド里《リ》（里は地方行政区域の最小単位。面の下）で三歳上の兄と一緒に自炊しながら通学した。ところが毎日、日がゆっくり沈んでいくころになると、胸の中ががらんとしてつらかった。母恋しさのせいだった。夕飯を作って食べ終えると、ノートの紙を何枚もちぎって母に手紙を書いた。夜が更けて手紙を書き終えると、母に会いたい気持ちが幾分紛れはしたものの、すっかり消えはしなかった。寝床に入ってからは、故郷の裏山で牛を飼い、まぐさを刈って運び、割った薪を担いで家に戻っては母に褒められる夢を見た。夢から覚めた私は、今度の土曜日に午前の授業が終わったらすぐ郷里の家に飛んで帰ろうとよく計画したものだった。

　長興邑と故郷の徳島の家は、近道を歩いて八十里（三十二キロメートル）離れていた。バス代がないので学生かばんを手に提げて歩いていった。未舗装の、砂利を敷いた車道の端を歩きながら少年の私は、退屈と足の痛みを紛らわすために道端に立っている電信柱を数えた。電信柱間の距離をよく七十七歩で歩いたものだ。蓉山面《ヨンサンミョン》（面は地方行政単位の一つ。里の上、郡の下）の角と畝道をくねくね曲がりながら行くときは、電信柱を七十五本数えた。山外洞《サノエドン》から干拓地の土手に沿って会鎮《フェジン》に向かうときは、土手に打ち込まれた電信柱を三十四本数えた。

　会鎮湾の船着き場まで来ると日はとっぷりと暮れており、渡し船を待つ客は私だけだった。渡し船の船頭は私に「こんな夜遅く島に渡るあんたは、どこの家の子かね！」と酔っ払った声でぶっきらぼうに尋ねた。私は父の名を言わず黙りこくっていたが、船頭が船首を徳島の渡し場に着けるやいなや鉄砲玉のように素早く闇を切り裂いて突っ走った。

　松林がぎっしり茂り、曲がりくねった急な坂道のハンジェ峠を一時間ほど走って越えた。夜中だった。茄子《なす》の皮のような漆黒の夜空には赤、青、黄などの星が瞬きながら、松の枝から枝へと飛び渡っていた。星々を頭上に戴いたまま私は息を弾ませながら峠を越えた。小石に滑って転んだ私の足音に驚いたキジがバタバタと飛び立ったときは、おじけづいて髪の毛が逆立った。

子どもの墓石が多いソナン谷ではキツネが鳴いた。キツネは子どものなきがらを貪り食うといい、一人で峠を越す人間をたぶらかして捕まえては食べるというので、私はおびえて冷や汗を流しながら峠道を歩いた。真夏も真冬も、そのように歩いて通った。

川べりの谷間道に沿って下り家の柴戸の前に着くと、明かりをすっかり消して皆が寝入った真っ暗な家の中に向かってよく「おっかぁ！」と大声を張りあげたのだが、目を覚ました母は裸足で駆けてきて「あれまぁ、スンウォンじゃないの、こんなに遠い道をなんでまた歩いてきたの！」と言って私を抱きしめながら部屋に連れていった。

三十代後半の母からは芳しい乳香《にゅうこう》がむんむん漂ってきた。このとき私は汗でびっしょり濡れていた。うたた寝から覚めた父は私を見るとすぐに、厳しく無愛想な声でまずとがめた。

「あの子がまた来たな……週末は勉強しなきゃならんのに、ここまで歩いてきて明日また歩いて帰るっていうのか？」

母は、父が怖くて体をすくめている私を後ろの布団の中に入れ、私の顔をなでて背中をトントンとたたいた。父は明かりをつけ、母が私の顔をさするのを見ながら憎まれ口をきいた。

「おまえ、韓石峰《ハンソクポン》（一五四三―一六〇五。李氏朝鮮時代の書道の大家。「木こりをしながら文字を読み書きした偉人」として知られ、母親が愛情を込めて厳しく育てたという物語がある）の母親の話を知らんのか？子どもをちゃんと育てるにはその母親を見習わなくてはいかん。母親は、十年間の約束で書堂《ソダン》（漢文などを教えた私塾）に送った息子が十年たたないうちに戻ってきたものだから、明かりを消して真っ暗にした部屋で母親は餅切りをし、息子には習字をさせて、どっちが上手にできるか競ってみたじゃないか。母親が切った餅はきれいに形がそろっていたが、息子の書いた字はぐにゃぐにゃゆがんでいたものだから、母親は息子をむちでたたいて叱り、すぐ追い返したんだぞ。ところがおまえはそんなふうによしよしと甘やかしてばかりいるから、あの子は毎週毎週八十里の道をすたこら走ってくるんだよ。こんなにこらえ性がなかったら将来どんな大人になるやら。明日の早朝、八十里の道をとんぼ返りしてまた長興まで歩かにゃならんのだろ？」

ぼやく父に向かって母は「まぁ……母ちゃんに会いたくてたまらないから遠い道をここまで歩いてやって来るっていうのに？　歩いてだからバス代がかかるわけでもないんだし……」と私の肩を持った。

父はかんしゃくを起こし、「歩いて行き来したら靴底が減らないとでも言うのか？　靴を買うにも金が要るんだぞ！」と言った。父の怒声におびえた私は、うなだれたまま母の太もものあたりに両手を突っ込んでいた。「ここまでやって来る道すがら、さぞかしひもじかったろうねぇ」と言いながら母がくれた蒸かし芋は、母から漂う乳香と混じり合って甘かった。

明くる朝、私は起きてすぐ長興邑に戻る支度を急がなくてはならなかった。父は私を手ぶらで帰すわけにはいかないと、米と麦を数升《ます》ずつ袋に入れて背負い紐を作ってくれ、母はカクテギ（角切りにした大根のキムチ）を小さな壺に入れてくれた。父は、その壺が持ちやすいように藁《わら》の紐でくくってくれた。

私は穀物の袋の上に学生かばんを載せて担ぎ、おかず入りの壺を持って両親にあいさつをした後、八十里の道を歩いて長興邑内の下宿部屋を目指して歩いた。私は休み休みゆっくり歩いた。週末の強行軍のため足がよく三日間痛んだが、私は週に一度、あるいは二週に一度、母に会うためしばしば行き来した。十三、十四、十五歳の少年にそのような強行軍をさせたものは一体何だったのだろうか。

幼子のような母

「お義母《かあ》さんはこの店の料理がおいしいと言ってよく召しあがるんですよ」

義弟の声で我に返った。

義弟は、義母がジャージャー麺と酢豚をとても好んで食べるので週に一度はここに連れてきて食べさせるのだと言った。幼児のような義母を末妹の婿は実母のように大切に世話していた。私は横に座った義弟に「済まないね」と心をこめて声を掛けた。義弟は真顔で答えた。

「とんでもない、ぼくたちの孝行はちっとも至りません」

息子の私が面倒を見ていたころ時々現れていた母の認知症は、妹夫婦が世話をするようになってからは水面下に収まっていた。認知症は、患者がストレスを受けるときにひどくなるようだった。母は嫁の世話を受けるのが気にそまないようで、時々ひどく興奮し、一人室内に座って息子と嫁を相手に声を高めて説教調の演説をしたものだった。母が演説をし始めると、それが半日ずっと続くので、私の妻はよく村の老人堂（お年寄りが休んだり話をしたりできるように地区に設けられた東屋。老人亭とも言う）に逃げ込んだ。

「おまえの家に来てからは、演説はしないのかい？」

私が電話でそう尋ねると妹は、「もちろんするわよ、たまにはね。でも、私があやしたら勢いが和らぐの」と言った。妹はまるで駄々をこねるかわいい赤ん坊を育てて楽しむように母の世話をするのだった。

それが母の心を穏やかにし、認知症を悪化させないようだった。

家に戻るときも義弟は母を軽々と抱きかかえて車椅子に座らせ、後ろから押した。母は楽しい散歩をしている天真爛漫な少女のように表情が明るかった。千里離れた所からやって来た二番目の息子と一緒においしいものを適度に食べて、満ち足りた幸福感に浸っていた。

母のこの幸福感は、私が帰れば寂しさと悲しさに変わるだろう。会う幸福と別れる寂しさつらさを母は、生涯味わってきたに違いなかった。

望子石

故郷の村外れの川べりに丘があり、そこに立って私を見送る母の姿が、私の魂の襞《ひだ》にひりひりと痛いほど刻み込まれている。

私が陸軍の兵長だったころ帰郷して兵舎に戻るとき、私の母校で教壇に立っている後輩の一人が私を見送りに来ていた。私が母に、行ってきます、とあいさつして家を出ると、母は私の後ろをてくてくとついて来た。もう帰ってと言っても母は決まって村外れの丘まで来て立ち止まった。ハンジェ峠の頂に向かって上っていく道のりがはっきり見える場所だった。私は再び腰を折ってあいさつしながら「すぐ無事に除隊して戻るから心配せず元気でね」と言った。そして私はくねくねした渓谷沿いの道を歩いて急坂のハンジェ峠を上った。

会鎮のバス停まで送ると言い張る後輩の先を歩きながら、大きな石を山頂に押し上げる不条理の英雄シジフォスの神話（ギリシャ神話で、シジフォス（シーシュポス）は神を欺いたことで神々の怒りを買い、大きな岩を山頂に押して運ぶという罰を受けた。山頂に運び終えた瞬間に岩は転がり落ち、それを繰り返し山頂に運び上げなくてはならない。フランスの実存主義作家A・カミュの随筆に「シジフォスの神話」がある）と実存主義に関する話を熱心に交わした。文学青年でもあるその後輩は、私が袖にされた女友だちの弟だった。しばらくしてハンジェ峠の頂に着いたとき、後からついて来ていた後輩が私に言った。

「ちょっと先輩、一度くらい振り向いて合図してあげたらどうですか」

「あ、そうだったな」と思って私は足を止め、振り向いた。遠く見下ろす村外れの川べりの丘に、白い服を着た一人の女性がたたずんでいた。母だった。私が急な峠道を上る半時間ほどの間、母は望夫石《マンブソク》（貞女が出征する夫を見送ったまま石に化したとされる伝説の石。「望子石」はこの伝説を援用したもので、母親が遠くに行った子の帰りを待ちわびて石になった……といった意味になる）のように突っ立ったまま、遠ざかっていく息子の後ろ姿をずっと見つめていたのだった。

私は胸に熱いものがこみ上げるのを抑えきれないまま、母の方に両手を高く挙げて振ったが、母は身じろぎもしなかった。ハンジェ峠は故郷の村から広い世間に出ていく要所だった。多くの先人たちが大志を抱いてこの峠を越え、往来したのだった。今も私の魂の中には、広い世間に出ていく私を見送る母の姿が、望夫石のようにありありと刻み込まれている。

庭にまかれた団栗

私が長興郡長東面《チャンドンミョン》の山あいにある小学校で教師をしていたころの秋のある日、故郷の村で三男と一緒に暮らしていた母が、驚愕の面持ちで一通の手紙を手にしてやって来た。父が亡くなった翌年のことだった。

手紙は南漢山城《ナマンサンソン》（京畿道の南漢山にある城址で、ユネスコの世界文化遺産）の軍刑務所から届いたもので、「貴殿の子息ハン・キョンウォンが十八箇月の刑を受けて本刑務所に収監され、健康かつ安全に受刑生活中であることをお知らせします」という通知が入っていた。キョンウォンは四男坊だった。やつれて唇が腫れた視線を不安げに泳がせながら母は、声を震わせて言った。

「あの真面目な子が、一体全体どんな罪を犯してこんな監獄暮らしをすることになったのやら、おまえがすぐ行って何とかしておやり」

私はそのとき講師をしており、給料は当時の普通の教師の半分、五千五百ウォンだった。私は妻と新婚生活を送りながら教師同士による互助組織の契《ケ》（地縁、血縁、水利などさまざまな共同体で行われてきた相互扶助の組織）に加入していたのだが、たまたまその配当金三万ウォンが手元にあった。私はそれに一万ウォンを足して南漢山城の軍刑務所に駆けつけ、弟と面会した。弟は僧侶のように頭を丸め、体は痩せこけており、肌は日焼けして黒ずんでいた。彼は泣きながら、なぜ自分が刑務所に収監されたかを語った。


大隊の訓練中に起きた事故だと、彼は言った。

弟が参加したのは高地奪還訓練だった。汗をかきながら稜線をほとんどよじ登った後、銃に空砲を装填して腹ばいになり、小隊長の攻撃命令を待ちながらしばらく息を整えた。鉄のヘルメットがひどく重く、脱いで地面に置いて銃口をヘルメットの中に差し込んだ。銃口に土が入らないようにしたのだった。ヘルメットには迷彩用の網が被せられ、網には草がぎっしり挿されていた。

攻撃命令が下りたとき、弟は左手で引き金付近を握って持ち上げながら、同時にヘルメットを右手でつかんだ。ところが銃口の先の照準装置に迷彩用の網の一筋が絡んでおり、ヘルメットから銃口を抜き取ることがなかなかできなかった。左手で引き金付近を握り、銃口に引っ掛かった網を外すために手前に引っ張った。その瞬間、左手の指の一本が引き金に触ったのか、空砲がパンと発射され、銃口は火を噴き、ヘルメットの中にあった右手の親指が炎で焼けたまま飛び出した。弟は腱《けん》がくっついたままぶら下がった右手の親指を左手でつかみ、小隊長の方に走っていった。弟はすぐ医療班に運ばれ、親指を切断する応急治療を受けた。

ところが、小隊長と中隊長、大隊長は自分たちの指揮責任を免れようと、弟が除隊を目的に自傷行為をしたものとして処理した。万が一戦闘行動中に後送されることを狙って自分で自分の指を切断したのだったら、即決処分（銃殺）に処されるはずだった。

この結果、弟は師団司令部の軍事裁判で十八箇月の判決を受け、南漢山城の軍刑務所に収監されたのだった。

私はソウルに行き、控訴審で弟を担当してくれる弁護士を一人選任し、弟が自ら指を切断しようとしたのではない事実を証明してほしいと頼んだ。

「私の弟は入隊前、理容師でした。除隊後は理容業で暮らすべき者がどうして除隊を目的に自分の右手の親指をわざわざ切ったりしますか？　右手の親指をなくしたら調髪用のはさみを使えなくなるじゃないですか？」

弟が理容師だったことを証明する書類が要ると弁護士が言ったので、私は郷里の家に行き、弟の〈理容師免許証〉と、無罪判決が受けられるようにしてほしいという依頼の手紙を弁護士事務所に送った。

五日後の夕暮れ時に勤務先の学校に行った私は、私の居所である官舎の前庭一面に団栗《どんぐり》の実（韓国には団栗の粉末をゼリー状に煮固めて食べる食文化がある）がまかれているのを見てひどく驚いた。夕食の支度をしていた臨月の妻が台所で、ふびんそうな声で言った。

「お義母さんが毎日あんなふうに拾ってきて、まくのよ」

ちょうどそのとき、学校の裏門から団栗の入った重い袋を頭に載せた母が入ってきた。私に気づいた母は団栗の袋を庭に放り出して「あぁ、四男坊はどんなふうだったかい、一体全体どんな罪をやらかしてこんなふうになっちまったのかねぇ」と、刑務所の息子のことを尋ねた。落ちくぼんだ母の目には涙がいっぱいたまっており、この間にさらに痩せこけた顔の肌は黒く日焼けし、顔面神経麻痺のため口は横向きにゆがんでいて、唇が灰色に腫れ上がっていた。

刑務所に収監されている息子のことを忘れるために、おろおろと泣きじゃくりながら山を歩き回って拾い集めた団栗、ずきずきうずく恨めしい胸痛を秘めている、庭いっぱいにまかれた団栗の実一つ一つに夕日が当たり、血の色に染まっていた。

辛酸多き生

アパートの居間に入り、私と母は向き合って座った。妹は果物を切って出した。西瓜《すいか》の一切れを手にして食べる母のゆがんだ唇の間から、赤い果汁が流れた。妹はそれをちり紙できれいに拭ってやった。

母の心はこの上なくぽかぽかと温かかったが、ときには怖いくらい気丈なところがあった。多産な母は父との間に十一人の子をもうけたが、授乳期に二人を亡くし、五十二歳になった年に父と死別して寡婦になった。そのとき、嫁いだ長女は三十四歳、結婚した長男は三十一歳、次男の私は二十八歳だった。結婚させられなかった三男は二十五歳、軍隊に行った四男は二十二歳、五男は小学四年、次女は十六歳、三女は小学五年、末娘は小学二年だった。

母は父のなきがらの前で涙一つ流さなかった。私が涙をこぼして泣いていると、冷たい声で叱った。

「これから父親なしで暮らしていくと思ったら、しゃきっとした気持ちになるはずなのに、いい年をした男子が弟や妹の前でめそめそ泣いてばかりだなんて……情けない」

その途端、私の涙が止まった。

母は、私が混乱状態にあるとき、私の気をしゃんとさせるために、むちのような言葉をよく投げつけたものだった。二十歳になった年、どんな理由からだったか母に叱られているとき、むっとして反抗すると、母はしばらく口をぎゅっとつぐんだ後「スンウォンや」と私の名を呼び、たしなめるように静かに言った。

「愚者と賢者の違いがわかるかい……愚者とは、未熟な考えや行いをしながら自分の未熟さに気づかない人、賢者とは、自分の未熟さをいつも反省して心を改める人のことを言うんだよ」

それ以降の私はいつも、事あるたびに厳しい顔でじっと自分の心の内を探ってみたものだった。

「私は今、未熟な考えをしているのではないか、愚かな仕業をしているのではないか」と。

次女は農薬を飲んで自死したのだが、母は私に知らせもせずに埋葬した後、光州に駆けつけた。娘の死のいきさつと葬式について話してから母は、遅く産んだ子どもたちをこのまま徳島の家に置いていては絶対に良くないと、あれこれ言い立てた。

「スンウォン、どうしたものだろうかねぇ、おまえが弟と妹たち皆を育てて学校に行かせてくれないだろうか」

寡婦の母にとって頼りにできるのは次男の私しかいないのだった。以後、母は残り五人の弟や妹の養育と結婚の問題を全て私に相談した。分家して別に暮らしている長男は、母と弟、妹のことは自分と関係がないと長いことそっぽを向いていた。もちろん、故郷の村で小さな雑貨店を営んで暮らしている長男に経済的なゆとりが全くないのは事実だった。

光州のある中学校に職場を変えた私は、高が知れた給料と新人作家としてのごくわずかな原稿料を頼りに暮らしながら、分家した二人の弟の農業資金、海苔養殖資金を工面してやり、幼い弟と妹三人を食べさせ学校に通わせた。私は彼らの父親役を務めるつもりで奮闘しながら暮らしたのだが、それは母の意に従ってのことだった。

こうして経済的に大きな助力をしてくれた妻とその実家の人々の目を気にしながら暮らさなくてはならない立場の私は、どんなことでもまず妻に事情を話し、私が母の言い付けを断りきれないことを承知している妻は、これらの全てを運命と思い黙って受け入れてくれた。私は生涯、岩を転がして山頂に登らなくてはならない罰を受けたシジフォスになっていた。

永の別れの準備

七十代中盤になった私は、一年後に百歳となる母と永の別れをする準備をしていた。それは私の最後の親孝行と言えば親孝行であり、親不孝と言えば親不孝でもあっただろう。辛酸と恨み事の多い人生を生きてきた母の、美しく華やかだった娘時代と幸福だった結婚生活、子どもを次々に産んで味わった記憶、それらを私は最後に蘇らせたかった。私は、この世とあの世の間《あわい》で生きている母が自らの口で、神話や伝説のような自身の昔話を語ってくれることを期待した。母は老境に入って以降、気分が良い日にはいつも小説家である息子の前で、溌溂《はつらつ》としていた自分の娘時代と、虹のように華やかな希望にあふれていた花嫁時代を好んで回想した。

母がこの世を去っても、希望に満ちていた母の生を自分の心に刻みたい、それを記録したいと私は思った。人は肉体が消滅しても、自分を覚えている人が生きている限り、記憶の中で死なずに生き続けているではないか。私は母を永遠に自分の内に密かに仕舞い込んで大切にしたかった。美しく生き生きとした記憶を、母が再び思い起こしてくれるように願いながら尋ねた。

「母さん、母さんは娘時代に海でマダコやミズダコ、ナマコやボラやギンポなんかをたくさん捕ったと言っていたよね？」

するとたちまち母は興奮した。染みができ、しわだらけになった顔にほんのりと赤みが差した。鼻の穴が膨らみ、それまでぼんやりとしていた目を何度もぱちぱちさせた。やや甲高く、凛《りん》とした声で語った。

「そのころは魚がたくさんおったんよ」

母は若いころから目立ってキンキン声だったのだが、百歳近くなってもその声質は変わらなかった。

「海に出るたびに、籠がずっしり重くなるくらいたくさん捕ってきたのよ。母ちゃんの父ちゃんからいつも〈わが家の一等賞、わが家の一等賞〉って言われたものだよ」

私は母の娘時代、白い上着に藍色のトンチマ（一九〇〇年前後、朝鮮半島の開化期に新女性が着た、筒状に縫った民族服のスカート。襞を広く寄せ、スカート丈は地面から二十センチほど上げて活動しやすくした）を着て髪をきゅっと結い長く垂らした十五歳の娘の美しい姿を思い浮かべた。それは、忠清南道《チュンチョンナムド》の禮山《イェサン》中学校で美術教師をしていたころの末妹の姿だった。妹は長い髪を結って片方の胸に垂らし、白い伝統服の上着に襞を寄せた黒いトンチマをよく着ており、その裾が白いすねをたっぷりと覆っていた。

Ⅱ

「娘のころ、母ちゃんは世の中の何もかもが面白くて楽しくて仕方なかった。何もかもお花畑にかすみがゆらゆらしているみたいに、うっとりしていたのよ」

島の娘チョモン

チョモンは一人で海に出掛けるとき、おてんば娘のようにカンガンスルレ（全羅南道地方の伝統的な踊り）の調子で跳びはねながら歩いた。うっとりするほど色白の顔で、長く垂らした黒髪が白いチョゴリの背中で豊かに波打ち、藍色のチマの裾からすらりとしたふくらはぎが伸び、胸のあたりが丸みを帯びた十五歳の島の娘チョモンは、いつも夢を見るようにうっとりした思いに浸って暮らしていた。その思いには水鳥の卵の殻に似たまだら模様と肌理《きめ》があり、下から見れば青い海のうねりに、上からは赤い花畑の大波に、左からは紫色の魚の鱗に、右からは朝焼けに染まった雲にといった多彩な形に見える、ホログラム（立体画像）の世界だった。チョモンは白い蝶になってその世界を飛翔したり、綿雲になって漂ったりした。

現実の世界に生きながら彼女はいつもゆらゆらした幻想的な立体画の世界に飛んでいくのだった。そのようなときには胸に思いが満ちあふれて甘酸っぱくなり、びりびりしびれるような戦慄《せんりつ》が起き、彼女は鼻歌を歌いながらそれを楽しむのだった。その鼻歌は、ジャコウジカの香袋から漂う香りのように広がり、虹のように空に懸かったり、ハトの羽毛のような光の紋《あや》をつくりながらうねったりした。

月の暈

「母ちゃんは、同い年の友だちよりうんとませていたんだよ」

昨夜の黄金色の満月には花輪のような暈《かさ》が懸かっていた。ぼんやりとかすんで赤みを帯びた暈だった。梅雨のようにうっとうしく続いていた月のものが終わった日の夕暮れ時、チョモンは裏山のふもとの角にある、ぎっしり葉を茂らせた松林内の薄暗い日陰を縫って流れる小川に行き、チマチョゴリと肌着を脱いできちんと畳んでから水浴びをした。

水の冷たさに身震いしながら彼女は思わず「ウウッ」と声を立て、あっ、しまった、と思った。喉から漏れ出たウウッという声を誰かが聞きつけて盗み見をしてはいないかと体をすくめながら辺りをうかがった。茂みから白い光が彼女の体に差し込んだ。カッコウの澄んだ鳴き声が流れてきた。年寄りが悲しげに泣くようなハトの声、セキレイの奇妙な鳴き声も流れてきて、それらの声がぐるぐる回った。

彼女は自分の体を見下ろしながら「三同《サムドン》を持った娘は金持ちの家が嫁にもらおうと欲を出す」という母の言葉が思い浮かんだ。「三同を持った人って、どんな格好の人のこと?」と尋ねると、母は「背がすらっと高くて胴は程よく丸く、お尻は丈夫そうで腰がややくびれ、足はほっそりしていて、顔に染みやそばかすがなくてうっとりするくらい色白の、おまえみたいな娘の体のことをそう言うんだよ」と言った。

彼女の左乳房の下から脇腹にかけて、少し取り巻くように蒙古斑のような薄い藍色のあざが一つあり、母はそれを恵みのあざだと言った。そのあざは霊妙な力を持っていて、彼女が何らかの理由で命の危機に直面したとき、例えば虎のような恐ろしい動物に噛まれて死にそうになったときや、忌まわしい悪鬼が襲いかかってきたとき、悪い妖気に捕らわれたとき、彼女を救う不思議な力になってくれるというのだった。

体の奥まった部分にあざ〈点《チョム》〉を密かに抱いている〈擁《オン》〉ことからチョモンと名付けたのだと、母は言った。チョモンは自分の名前が誇らしかった。水浴びをするときはよく乳房を寄せてそのあざを見下ろしたものだった。このあざがどんなふうに私に幸運をもたらし、守ってくれるのだろうか。世の中のあちこちにいろんな幸運が散らばっているけれど、それがこのあざの力で私の方にやって来るのだろうか。彼女にとってこの斑点は一種の信仰だった。彼女は、このあざのために自分がイブに似ていると思った。この世界で初の女性とされるイブも、自分のように薄い藍色の斑点が脇腹にある女性だったのかもしれないと、彼女は思った。

首、肩、ふっくらした乳房、太もも、股間の素肌に水を浴びせて洗いながら、最初の女性〈イブ〉のことを思った。

太初に神はアダムという男子を自身にかたどって創造され、鼻に命の息を吹き入れて生きる者とされたが、アダムが寂しがらないようにアダムのあばら骨の一部を抜き取ってイブを造り上げられたのだと、教会の宣教師が語った。アダムとイブが最初のうちは二人とも裸で暮らしながらも恥ずかしがりはしなかったのだが、善悪を知る木の実を食べてから恥じらいを覚えるようになり、二人は無花果《いちじく》の葉をつづり合わせて腰覆いを作り、それをまとって暮らすようになったのだと言った。

善悪の木の実は林檎《りんご》のような形をした果物で、大きさは山梨ほどだったというが、朝鮮の地にはなく、イスラエルの地にだけあるとのこと。善悪の木の実は、何が善いことで何が悪いことかを区別する心を生じさせる果物だと言った。疑い妬《ねた》む心、他者を憎み、欺き、うそをついたり復讐しようとしたりする心も、善悪の木の実のせいで生じるらしい。

アダムとイブにその善悪の木の実をもいで食べるように唆《そそのか》したのは、悪賢いヘビだという。それは朝鮮の地でもよく見かけるヤマカガシで、性質がひどく狡猾ということだった。善悪の木の実を食べたことでヤマカガシの狡猾な心がアダムとイブの末裔に伝わったのだという。教会に通いながらイエス様の教えに従い、神様に仕え敬うことは、邪悪で狡猾なヘビの心を捨て善良で正直な天使の心を持って生きるためということだった。彼女の体に隠れている藍色のあざは、天使の善良な心を持って生きるように守ってくれるのだと、彼女は思った。

この世の女性は、神様の独り子イエスの教え通りに善良な心で正直に暮らしていれば、太初のイブのように自分だけの凛々《りり》しい美男子アダムと出会って一生暮らせるようになるのだと宣教師は言った。神様がイブを造るためにアダムのあばら骨の一つを抜き取ったせいで、世の全ての男性はいつも横腹がひんやりして寂しいという定めになっているが、その寂しさとは孤独のことだ。この孤独から逃れるためには、イブがアダムを愛で包んでやらなくてはいけないのだ。女は、自分の男の横腹にぴったりくっついて暮らさなくては一生平安で幸福でいることはできない。だから世の女性は皆、自分を愛してくれるアダムのような一人の男性と出会わせてくださいと神様に祈らなくてはならない。女性がアダムのような男性と出会う資格が欲しければ、生理を必ず経験しなくてはならない。生理を経験していない若い女性は、女性としての資格がないのだ。宣教師はそう言った。

ああ、あたしを一生愛してくれる、あたしのアダム。
一人の男性の顔が脳裏に浮かび、胸がときめいた。ずんぐりと低い背丈、黒々としたハイカラな髪、色白でくっきりした顔立ち、大きく力強い声を持つ男性だった。チョモンはその男性の妻になりたかった。

チリンチリン、牛馬の鈴の音が茂みに流れ込んだ。誰かが牛を引いて通り過ぎようとしていた。目の前に細く黄色い光の波が見え隠れした。黄昏に包まれようとしていた。ほどなく夕闇が下りるだろう。体中の肌にボラの鱗のように光る水滴が付いていたが、構わず下着をはき、チマチョゴリを着た。

茂みの外に出て家に向かうときは、スキップをするように跳びはねながらひらりひらりと歩いた。水浴びをした後は生まれ変わったようにすがすがしく楽しい上に、ずんぐりした男子アダムへの思いが胸を熱くし、気持ちをそわそわさせた。

チョモンは早朝、アダムと結婚する夢を見た。真紅のチマに黄色いチョゴリを着て、その上に礼服を掛け、冠を被り、灌園蚊帳吊《かんえんがやつり》（湿地や河原などに生育するカヤツリグサ科の一年草）を編んで作った白くてふかふかした藁沓《わらぐつ》を履いて結婚式を挙げた。式場は白い日覆いの中に準備されており、その中央には屏風が広げられていて、その片方には椿の枝が一本挿されており、もう一方には青黒い松の枝が一本挿されていた。椿の枝には赤い花が咲いていた。その花の前に新郎と並んで立ち、婚礼の儀を執り行った。新郎のアダムは背がずんぐりと低いが、髪はお洒落に整えて黒い背広を着、白のシャツに赤いネクタイを締めていて、一カ月前、村の中央にある弓庭《ゆば》（かつて弓の練習場〈射場＝弓庭〉があったことに由来する広場の呼称）広場の壇上に立ち、欅《けやき》の古木を背にして演説していた男先生だった。結婚式を終えて、彼女は花の輿《こし》に乗った。彼女を乗せた輿がゆらゆら揺れたので目が回りそうだった。何年か前に、輿に乗って嫁入りしながら悲しそうに泣いていた姉のように泣こうと思ったが、泣けなかった。声を立てて泣こうとありったけの力を入れたところで目が覚めた。目を覚ました彼女の脳裏に、アダムの顔がくっきり残っていた。欅の古木を背にして演説していた男先生。彼女の胸が激しく高鳴った。

明け方の闇

明け方、厠《かわや》に行く習慣のある者は胃腸の持病がないと父が言った。

「わが家の一等賞は何をしてもかわいいのう」

〈一等賞〉とは、六人きょうだいの中で一番賢くてしっかりした子のことだった。

チョモンは明け方に厠へ行くのが嫌いだった。厠にこもっている真っ暗な闇が怖かった。闇の中でも湿っぽい闇は、化けて小鬼になることもでき、亡霊になることもできると巫堂《ムーダン》（朝鮮半島古来の土着的な巫俗を司る宗教的職能者で、霊が憑依したようになり吉凶禍福を占う）の娘チャンバンネが言った。

厠に行こうと庭に出ると、顔の片方がゆがんだ明け方の月が前庭にある柿の木の枝に掛かっていた。月の周りにはかすかな星明かりがあった。栗の花の香りが胸の奥深くに押し寄せた。彼女にとっては何に例えようもない、奇妙な香りだった。裏庭の垣根の内側に栗の木があった。秋になると実を落としてくれる背の高い木だった。

若い寡婦が栗の花の香り（栗の花のにおいは俗に、人の精液のそれに似ていると言われる）を嗅ぐと男の人ができちゃうの――チャンバンネがそう言った。

「栗の花の香りがなんでそうなるの？」

チョモンが尋ねると、チャンバンネは「うちもよく知らないの、うちの母ちゃんがそう言うのよ、大きくなってお嫁さんになったらわかるんだって」と言い、さらに訳のわからない話を続けた。

「家の近くに栗の木があったら夫婦仲が良くなるんだって」


秋になると、栗拾いをしようとして眠りが浅くなった。寝ているうちに栗の実が落ちる音を聞くと気が気でなかった。裏手の粗末な家に住むテセプとその祖母が、明け方の薄闇がまだ残っているうちから幽鬼のように現れて拾っていった。チョモンはいつも、彼らより早起きをして拾おうとするのだが、そうするには熟睡してはならなかった。一握り拾ったらそれを全部、父に手渡した。栗の実を受け取った父は明るく笑いながら彼女の背中をトントンたたいて、「わが家の一等賞はしっかりもんだ」と言った。

くさむらできらりと光る栗の実は、生きた動物の目のようだった。秋が深まると父が長い棒で栗をたたき落とした。栗の実の皮を二升分ほどむいただろうか。盆や正月、法事の際には、この栗の皮をむいて祭祀の膳に載せた。彼女はその栗を食べたくて、父の横でよく唾を飲み込んだものだった。


厠に入ったときに、一匹のネズミが走り出てきたことがあった。総身に鳥肌が立った。ネズミに向かってニャーオと猫の声で言った。するともう一匹のネズミが庭の方に走り去った。

裏山からキツネの鳴き声が聞こえてきた。裏山の麓にテセプの祖父の墓があった。キツネがその墓の片側に穴を掘って入り込み、遺体をかじって食べたということだった。遺体を棺に納めずに竹すだれでぐるぐる巻いてテセプの父が担いでいき、埋葬した墓だった。テセプの父は貧しくて木棺を用いることができなかったことを恨めしがり、こん棒を手にして墓の横に身を隠したままキツネを捕まえようとしたと、テセプが言った。

チョモンは、キツネが掘ったという墓の穴を何としても見たくてたまらなかった。遺体に着せた服の切れ端が一つ、穴の横に放置されているというので、テセプ、スニ、チャンバンネと一緒にその穴を見に行った。穴は墓の西側の脇に掘られていたが、木枕大の石でふさがれていた。チョモン、テセプ、スニとチャンバンネは遠くから墓の様子をうかがってから戻ってきた。

テセプの父は、キツネが墓の横に掘った穴に入ったことを知っていて、その穴の横にぴたっとくっついてこん棒を振りかざしたまま狙っていたという。キツネが頭を出したらすかさず打ち据えて捕まえようとしたのだった。小一時間ほど待ったとき、穴からカサコソと音がする気配があった。テセプの父はぱっと緊張し、こん棒を握った手にぎゅっと力を込めた。その瞬間、墓の穴から白っぽいものが頭をのぞかせたかと思うと、勢いよく飛び出した。テセプの父はこん棒を力いっぱい振り下ろした。ところがそれは、遺体をくるんでいた服の裾の塊だった。彼が「ありゃ、だまされた」と思いながら再びこん棒を素早く振り上げたとき、穴の中のキツネはゲェッと叫びながらテセプの父の顔に飛びかかり、彼は後ろにばったり倒れてしまった。キツネは白かった。キツネをとり逃がしたテセプの父は悔しがりながら地面をたたいて泣いたそうだが、そのキツネは百歳の古ギツネで、尻尾が九つもあったという（韓国には「九尾狐（クミホ）伝説」があり、映画やテレビドラマにもなっている）。

百歳の古ギツネは、独身男性をたぶらかす際にはかわいい娘の姿に化け、声を掛けて茂みの中に誘い込み、娘をたぶらかす際には背がずんぐりした美少年に化け、声を掛けて近づき肝を抜き取って食べるということだった。昨夜の夢で会った背のずんぐりしたアダム先生も、もしかしたら百歳の古ギツネが化けた幽霊なのではないだろうか。彼女は強く首を振りながら、再びキツネの鳴き声が聞こえないかと裏山の方に耳を澄ませた。キツネの鳴き声の代わりに海の波音が聞こえてきた。前の河口の方から聞こえていた。河口から波の音が聞こえると、三、四日後には雨が降ると言われていた。河口の方の空がほのかに明るんでいた。

今日はマダコやナマコを捕りにいかなくてはと、チョモンは思った。きつい日雇い仕事から戻ってきた父は、マダコやナマコを捕ってきたチョモンの頭をよくなでてくれた。

「おぉ、わが家の一等賞は潟漁仕事もしっかりやるのう!」

生きたマダコをまな板に載せ、包丁でタンタンと切ってみそを付けて食べ、ナマコを切って食べながらチョモンを褒めた。彼女は父に褒められると胸が高鳴った。褒め言葉をもっと聞きたくてチョモンは、さらに熱心にマダコとナマコをよく捕ってくるのだった。ある日にはギンポを捕ったり灰貝やアサリを採ったりもした。運が良ければハゼやボラやスズキの幼魚を捕ってきた。

「わが家のチョモンが海に出掛けた日は、さじがずっしり重くなる」

市場での買い物から戻った母は、魚汁を沸かしながらそう言って褒めた。母は藍染めの仕事をしているため日ごろから両手が藍色に染まっていた。爪は光るような藍色だった。

ちょうど田植えの季節だった。チョモンの家は田んぼを一枚も持っていなかったので、父と兄たちはあちこちの金持ちの家で田植え仕事の手伝いをして回った。一日の田植え代として秋に二升ずつの米をもらった。母はすでにご飯の支度を終えて市場に出掛け、いなかった。

麦飯

家族が食卓を囲んで早い朝食をとった。麦飯だった。飯粒は粗砂のようにごわごわしていた。おかずは酸っぱくなった古漬けの白菜キムチとカクテギ、醤油漬けのカニの塩辛だった。母は家族が起きる前にご飯の用意をしてから市場に出掛けた。チョモンは家族の器にご飯を装い、膳を整えた。

そそくさとご飯を食べ終えた父は作業着を引っ掛けて「チョモン、おまえも田植え飯をもらいに出ておいで。前の田んぼの縁に」と言って、弟のホンギを連れて出掛けた。

田植え飯は、もち米とうるち米を混ぜて小豆を加え、蒸し器で蒸した薄紫色のご飯だった。田植えの日は金持ちの家の情が厚かった。田植えの加勢をする日雇い労働者の家族は誰でもためらいなしに田植えご飯をもらいに行った。

父は間縄《けんなわ》張りを、ホンギは苗配りをする予定だった。田植えをする人に根の付いた苗の株を渡すのが苗配りだった。苗配りをしてからホンギは昼食時に田植え飯をたらふく食べるつもりだった。末っ子のチョンギは金持ちの家で下男をしていた。

桐材をふんだんに使った上等な家は村一番の金持ちで、姓がク氏だった。その家の田植えをするときはお祭りのように四十人余りの男女が雲集した。飯炊きのおばさんが二人、それを担ぐ下男が二人だった。苗代で苗株を引き抜くときから田植え人たちは、はやし唄を歌った。「オルロルロル　サンサドゥイヨ」というはやしが野の面に広がり、前方の山と裏手の山にこだました。チョモンは、その家の田植えをする母について行き、田植え飯を食べたことが何度もあった。

母は藍染め商売をするために、二年前から桐の家の仕事をしていなかった。母の藍染め商売は、母方の祖母から受け継いだとのことだった。

母は藍染め液を入れたほうろう瓶と凝固した藍染め粉を背負い、長興の集落まで八十里の道を歩いて往復した。冠山《クァンサン》と大徳《テドク》の市場を見て回り、市が立たない日には金持ちの集落を回りながら藍染めをしてやるのだと言った。

「母ちゃん、私も藍染め商売をしてみようかな?」

近くに嫁に行った姉がそう言うと、母は首を振りながら「おまえは物覚えが悪いから駄目。舅《しゅうと》と姑《しゅうとめ》に仕えて子どもでも産んで育て、農作業をしたり海苔を作ったりして暮らしなさい」と答えた。

「母ちゃん、それ、あたしがしてみる」

チョモンがそう言うと、母は答えた。

「うん、おまえは物覚えがよくてまめでしっかりしているから、十分やれるはず。だけどおまえは藍染め商売はしなくてもいい。長興市場で中国式の四柱占い《しちゅう》(中国伝来とされる絵と人の生年月日などの要素で行う運勢占い)をしてもらったら、おまえは金持ちの家に嫁に行って、将来は大人物になる子を産んで暮らす運勢だと言うんだよ。おまえの生年月日、三月三日の次の日が本当に良いんだって。南国に渡っていたツバメが戻ってきて森羅万象が生き生きする春じゃないか」

チョモンは皿洗いをしてから、潮干狩り用の籠を持って家を出た。「おまえの生年月日が本当に良いんだって」という母の言葉を思いながら、ぴょんぴょん跳びはねていった。

近くの浜辺

家の近くの広々とした真っ青な海は、チョモンをうれしげに迎えた。拾い上げたばかりの和布《わかめ》の香りを含んだ風が渡ってきて、チョモンの耳元の繊細な髪を絡ませた。耳元に細い髪の毛が多い娘は将来、夫の愛をたっぷり受けるのだと母が言った。コッ島《ソム》とチャング島《ソム》が黒い貨物船のように海の真ん中に浮かんで揺れていた。海の彼方から駆けてきた波が砂浜に頭を打ちつけ、もんどりを打って白く砕けた。タカブシギが素早く波の跡を踏み回りながら餌をついばんだ。潮が引きかけてはいるが、干潟が再び現れるまでにはかなり待たなくてはならなかった。

砂丘では薄紅色の浜昼顔と鮮紅色の浜梨《はまなす》の花が咲いていた。白い花の浜梨も交じっていた。近づくと乳のような甘ったるい香りがぷんと漂った。山裾には橙色《だいだい》の山百合の花と蛍袋《ほたるぶくろ》の花が咲いていた。山裾に駆けていき、山百合の花に鼻をくっつけて香りをかいだ。香を焚《た》いたような強いにおいにむせ返った。その花弁には、スニの顔にあるそばかすのような斑点が付いていた。一房を摘んで、額の髪の分け目に挿した。蛍袋の花を両耳に掛けた。編んで長く垂らした髪の隙間に朝顔のような浜梨の花を挿した。髪飾りの紗《しゃ》の手絡《てがら》にも一房を吊るした。彼女の髪は、きらびやかな花束になった。野茨《のいばら》の花も一房摘んで挿したかったが、鋭いとげがあるためにそれはできなかった。

波に乗ってきた風が、チマの裾と髪と花々を揺らした。花房を挿した自分の姿を、昨夜夢に現れたアダム先生に見せたかった。アダムを思う自分が気恥ずかしかった。砂浜を走りだした。チマの裾が風に翻り、長く垂らした髪が背と腰に揺れ、耳元の髪の幾筋かが目の前でなびいて鼻をくすぐった。耳に掛けていた花房が砂浜に落ちた。走りやめて花房を拾い、また耳に掛けた。

目を細く開け、青い空に揺らめく波を見た。風には波と模様があると、彼女は感じた。精神を集中すると、全てのものが見えると父が言った。「俺が子どものころ大人たちが、犬の目には雪は見えずに風は見えると言ったが、それがほんとかどうか気になってなぁ」。その話を聞いて以来彼女は、風の波と模様を見ようとよく精神を集中させたものだった。犬の目に見えるものなら、人の目にも見えるはずだった。

海の彼方からやって来た真っ青な波の幾つかが、蚕のように白い泡を波頭に載せていた。その波が白い砂浜で白い水しぶきを立てながらバシャバシャと音を立てて宙返りした。タカブシキが彼女をよけて飛び立った。

波が高いから、今日の干潮時にはずっと遠い沖の方まで軟らかい干潟が広々と現れるはずだ。海は生きている、計り知れないものだった。ザブンザブンと踊りながら息をするし、自分に近づく者をかわいがりもすれば憎みもするし、相手を選ばず粗暴な意地悪もすれば、大声で何かの話を聞かせたりもする……海は魚や貝や海藻だけでなく小鬼などいろんな幽霊を連れて生きているのだと、巫堂の娘チャンバンネが言った。チャンバンネの母は幽霊を集めて回る女で、何一つ知らないことはないと言うのだった。

野蛮

テセプの祖父は近くの海で溺れ死んだとチャンバンネが言った。一人で古びた木船に乗り夜釣りに出掛けたが、翌朝、誰も乗っていない船だけが浮かんでおり、遺体が砂浜に打ち上げられていたという。それをテセプの父が背負子《しょいこ》で担ぎ、村の裏山に行って埋葬したということだった。

チャンバンネは、チョモンが知らないことを非常に多く知っていた。彼女は、テセプの祖父が陰険なごろつきで、よく盗みを働いたため竜神が彼の魂を抜き取っていったのだと言った。その魂をチャンバンネの母が海の中からすくい上げたのだという。

一つかみの米を入れた黄銅の器を、白い綿布の端にしっかりくくりつけてから海に投じた後、深みに沈んだ彼の魂をゆっくり引き寄せながらチャンバンネの母は手を合わせて竜神に祈った。テセプの祖母が手にした竹に、その魂は付いてきたという。テセプの祖母はその竹を持って村の裏山に入り、チャンバンネの母は竹に掛かった魂を墓の中に入れた、ということだった。


テセプはひどく意地悪だった。額と後頭部が出っ張っており、後頭部は幾分片方にゆがんでいた。上着を着ず、浅黒い肌と一方にねじれたへそを自慢するかのように露わにし、ヘビの尻尾をつかんでぐるぐる回しながら同じ年ごろの女の子たちに近寄って首に掛けたりした。そのとき女の子たちは仰天して一目散に逃げだした。単衣のチマを着ただけのある女の子は、地面に突き出た石につまずいて転び、下半身の素肌がすっかり露わになったりした。テセプがそのようないたずらを自信たっぷりにこれ見よがしにし始めたのは、善悪の木の実を食べるようにそそのかしたのがヤマカガシだという話を宣教師に聞いてからだった。ところが妙なことにテセプは、チョモンにはヘビを掛けようとせず、照れながら彼女を避けるのだった。

彼は、チョモンが横にいるときに限ってしばしば勇敢なことをした。ぱっと宙返りをしたり、金持ちの家の苗代に石を投げたり、よその畑の南瓜《かぼちゃ》に杭を打ったり、ポプラの木の天辺まで登る技量を見せつけたりした。ところが、チョモンがいずにスニやチャンバンネだけのときは、カエルやヘビを長い棒で打って捕まえ、それを家に持ち帰って煮て食べるらしかった。

テセプの父は、犬を食肉処理する仕事をしていた。村人たちは食用にする犬（朝鮮半島における伝統的な食文化の一つに犬肉食がある。強壮の効果があるとされ、犬肉のスープ料理、補身湯（ポシンタン）は夏ばてする時期によく食されてきた）を彼に預けた。チョモンは、彼が桐の家の老いた犬に首縄を付けて川辺に引っ張っていくのを目撃したことがあった。

老犬は嫌がって四肢を踏ん張り、尻を後ろに落とし、首を左右に振ったが、テセプの父は荒々しく引っ張った。子どもたちは、ずるずる引っ張られていく犬の後ろについて行った。テセプは四肢を踏ん張る犬の尻を力いっぱい蹴飛ばして追い立てた。犬は後ろからのテセプの足蹴よりも、前で引っ張っていく父をより怖がり、首を左右に振って四肢を踏ん張った。犬の両目は白目をむいていた。

川岸に枝垂《しだ》れ柳の古木が一本あった。風が吹くと、伸びた細い枝が激しく揺れた。テセプの父は犬の首にくくった紐の先を、人の字の逆、V字状に広がった枝垂れ柳の枝の間に挟んで力いっぱい引っ張った。犬は自分の運命を知り、死力を尽くして四肢を踏ん張った。テセプの父は鼻をひくひくさせて、片方の手では犬の首にくくっている縄紐を引っ張り上げ、もう一方の手では枝の間に挟んだ紐の端を引き寄せた。犬は次第に枝垂れ柳の根元まで引き寄せられていった。テセプの父はウーンとありったけの力を込めて枝垂れ柳の枝に掛けた縄紐を引っ張り上げ、犬の前脚が宙に浮いた。両前脚を宙にばたつかせながら断末魔の悲鳴をあげた。テセプの父は再び力いっぱい枝の間に掛けた縄紐を引っ張り上げ、ついに犬の後ろ脚が地面から離れた。首をくくられた犬は舌を長く垂らしたまま悲鳴をあげることもなく、全身をけいれんさせながら死んだ。

テセプの父は縄紐を枝垂れ柳の根元にくくっておいた。平たい岩に腰を下ろし、袋からたばこ入れを取り出した。垢染《あか》みて黒ずんでいる黄色いたばこ入れから取り出した四角い一枚の紙に刻みたばこを載せ、それをぐるぐる巻いて唾で端を張り合わせて紙巻きたばこを作った。火打ち金で火を起こし、紙巻きたばこに火を付けた。たばこの空色の煙が宙に漂い広がった。煙を胸の深くに吸って吐き、また吸っては吐いた。テセプの父には余裕があった。もう一度、たばこの煙を胸いっぱいに吸い込んで吐いた。その煙は蓬《よもぎ》のようにもつれた彼の髪の上に広がった。

子どもたちは息を殺したまま、たばこをふかしているテセプの父と、枝垂れ柳の枝に吊るされ舌を出して死んでいる犬を代わる代わる見た。テセプの父がこれからすることをよく知っていた。犬をさばく手順は決まっているので、子どもたちはその手順に従って行われることを待っているのだった。

テセプの父はたばこの吸殻を川の水たまりに投げ捨て、細い椚《くぬぎ》の棒をつかんだ。たばこの吸殻は糸のような煙を上げながら黒っぽくなって火が消えた。彼は椚の棒をものの付け根にもたせ掛けてから両手のひらに唾を吐いた。棒を両手で握った。枝垂れ柳に吊るされている犬の尻や腰、横腹を棒でゴンゴンと音がするくらい打った。すでに死んでいる犬の体を餅でもつくようにたたくのを、子どもたちは身震いしながら見守った。女の子たちは体を丸めてウワーッと叫びながら両手で目を覆った。そうしながら手をそっと離して指の隙間から顔をしかめて見た。気味悪がりながらも、犬を殺してさばく様子を身震いしつつ楽しんだ。

テセプの父が死んだ犬をこのようにたたく理由について、チャンバンネが説明してくれた。犬の肉を軟らかくするためということだった。

「うちの母ちゃんが言ったんだけど、犬を乱暴に殺すテセプの父ちゃんは、死んだら火の海地獄に行くんだって」

生前に手癖が悪かったテセプの祖父は、先に刃の海地獄に行っていると言った。真っ青な海の一方には竜宮があって一方には地獄があり、浮かんだ月が沈んでゆく西の空の果てに極楽があるということだった。

テセプの父は犬の体のあちこちを一様にたたいた後、しばらく休んでから火打ち金で火種を作り、枯れ葉を寄せて火を起こした。その火を乾いた藁に付け、犬の毛を焼いた。毛の焼ける嫌なにおいが鼻を突いた。

毛をすっかり焼いた後、犬を平らな石の上に置き、水ですすいでから腰に差していた包丁で腹を裂き、内臓を取り出した。腹から血が流れた。彼は慣れた手つきで首を落とし、前脚二本と後脚二本を切り離した。

テセプの父が犬をさばく話をチョモンが母にしたところ、母はこっぴどく叱った。将来は良家に嫁ぎ、かわいくて心根のきれいな息子や娘を産み育てることになる生娘が、そんな残酷な仕業を見て育ったら絶対に駄目だと言うのだった。生娘はぜひとも清らかでかわいらしく、美しくて香り高いものだけを見ながら育ってこそ、将来嫁に行って心根の良い美しい息子や娘を産むのだと言った。母の言い付けにもかかわらず彼女はその後もずっと、鳥肌を立てながら犬をさばく様子を見物した。

ザーザーと波が打ち寄せる真っ青な海を前にしたチョモンは、犬をさばくむごい光景を振り払うため首を横に振った。魚や貝やマダコを捕ったり海藻を摘んだりするために海に出掛けるときはいつも、心根が良くて素直な気持ちでなくてはならないとチョモンは考えた。海は目に見えない手を持っていて、性根の良くない人が近づくとその人の足首を素早くつかんで深みに引っ張り込むのだと、チャンバンネが言っていた。チョモンは他人を恨んだりせずに真面目に暮らしてきたため、海を恐れることはなかった。

神様は人間が世の中の生き物全てを捕って食べながら暮らすようになさったのだと、教会の宣教師が語った。家畜を飼育して食べ、海でマダコやボラやナマコなどを捕って暮らす知恵をお授けになったのだと言った。生きているものを捕って食べるときは、神様に祈って許しを得てからそうしなくてはならないと言った。チョモンはテセプの父が犬を殺すのを見ながら神様に、テセプの父をお許しくださいと両手を合わせて祈った。

祈りは非常に便利なものだった。祈ると心が落ち着いた。彼女が海でマダコやボラを捕るときも祈った。捕ることをお許しくださいと祈り、たくさん捕れるように手伝ってくださって感謝しますと祈り、それを父に食べさせる親孝行をさせてくださってありがとうございますと祈った。

スナガニ

ウミネコの群れが魚捕りをしながらミャーミャー鳴いた。波にゆらゆら浮いて遊ぶカモメもいた。満潮の海水は浅黒い跡を残しながら引き始めた。水が引いた跡には白い貝殻と青黒い甘藻《あまも》（海藻）が散在していた。浜辺からずっと離れた遠くまで暗灰色の干潟が現れるには、もう少し待たなくてはならなかった。

チョモンはスナガニを捕まえようと思った。白い砂浜のそこここにスナガニの穴が開いていた。開いたばかりの穴を選んだ。指が二つ入るくらいの穴だった。白くて細かい砂を両手でつかみ、穴に注いだ。一握り分注ぎ、さらにまた一握り分注いだ。穴が白砂で塞がったとき、素早く掘り始めた。白砂を掘ると、湿った黒っぽい砂が現れた。黒っぽい砂の中に、彼女が注いだ白砂の筋が現れた。白砂の筋に沿って掘った。白砂の筋が消えるあたりに、素早く動くものがあった。銀色のスナガニだった。両手で捕まえようとしたが、逃がしてしまった。スナガニは動作が風のように速かった。

スナガニは、死んだ少年少女の魂ということだった。駆け寄り、再び両手で覆って捕まえた。手のひらの中に入ったことを確かめて、「おまえがあたしに勝てるなんて思っているの？」とつぶやいた。スナガニを持ち、引き潮で現れた湿った砂浜に行った。そこにスナガニを置き、逃げるのを追いかけて捕まえる遊びをすることにした。逃げたところで入り込む穴がないから安心だった。手を開いて放してやった。スナガニが逃げだした。走って先回りし、手で遮った。スナガニが逆の方向に逃げた。逃げるとき、あまりにも素早く動くのでカニの足は見えなかった。このスナガニに変身した少年はどんな顔だったんだろう。どこに住んでいた子で名前は何だったのだろう。その子は麻疹《はしか》で死んだのだろうか、感染症で死んだのだろうか。死んだとき、彼の母ちゃんはどんなに悲しそうに泣いただろうか。スナガニが神聖なものに思え、怖くなった。スナガニをおもちゃにして遊んだら罰を受けないだろうか。寂しくて退屈しているスナガニと遊んでやって、むしろありがたいと思うかもしれない。こんなふうに遊んでから殺さずに逃がしてやったらいい。

黒ずんだ干潟が現れたときにスナガニを放してやった。スナガニは白い砂浜の方に姿をくらました。元気でね。すぐまた人間に生まれておいで。あのスナガニはいつか男の子に生まれ変わるだろうか、女の子に生まれ変わるだろうか。

ボラの化身

チマの裾をたくし上げ、帯のように腰に巻いた縄紐の中に挟み込んだ。下着の裾を白い太ももの付け根の股座《またぐら》付近まで巻き上げた。膕《ひかがみ》と丸っこいふくらはぎが露わになった。チョモンは、自分が運命的に海と仲が良いのだと思った。母は、青波の上の宙に跳ねた前腕ほども太い一匹のボラが胸に飛び込んだ夢を見てチョモンを身ごもったということだった。ぴちぴちした大きなボラの精霊が入ったせいか、彼女の体は十五歳なのに十七、八歳のように成熟していた。ふと、昨夜の夢で見たアダム先生の顔が脳裏に浮かんだ。胸がときめき、顔が火照った。アダム先生の顔を思い描いて胸がどきどきする症状は、数日前の夕方から始まったものだった。

村の中央にある弓庭広場の古い欅の下で啓蒙講演が開かれた。セトマウル集落のクンドンネ集落寄り、チュンチョン地区にある〈養英《ヤンヨン》学校〉（一九一八年に設立された教育機関。普通学校教育を受けることができなかった児童生徒にハングル、数学などを教えた。当初の名称は「群山青年夜学校」で三年制だったが、一九三三年に二部制（昼間は女子、夜間は男子）に改編、「養英学校」と改名され、四年制になった。一九三六年に財政難のため廃校になった）の先生たちが十人余の生徒を連れて開く巡回講演だった。講演者は背がずんぐりして顔立ちのきれいな男の先生だった。黒髪にポマードを付け、くしできれいに整えたその先生の顔を見、よく響く声を聞いた瞬間、チョモンの頭と胸と全身の肌で粟粒《あわ》のように小さな火がきらめき、それが大きくともった。ビンビン響くその声が体の深くに入り込むような気がした。それはかっかと火照る光になった。その光が胸の真ん中に塊を作った。その塊が胸をどきどきさせた。宣教師が話したアダムがその男先生に似ていると、チョモンは思った。

男先生が叫ぶように言った。


……文字を覚えようとしない者は牛や犬や豚や鶏と変わりがなく、真っ暗な夜に明かりをつけずに野道を行くように不安でもどかしいものです。私たちが貧しい暮らしをするのも文字を覚えようとしないからです。徳島内の若者たちは皆、私たちの養英学校に来て勉強してください。勉強をしに来る生徒はいつでも誰でも受け入れます。授業料は毎月五銭納めればよく、お金の代わりに麦を二升分持ってきてもかまいません。成績が良い生徒は授業料を払わなくてよく、その上に褒美としてノートと鉛筆がもらえます……


演説が終わると十人余の生徒が前に出て学徒の歌を歌った。

「学徒よ学徒、若き学徒らよ、歴史の動きに耳を澄ませ……青山に埋もれた玉も磨いてこそ光を放ち、青々とした大きな松も切ってこそ柱になるのだ……学ぶ若者らよ、君らの使命を忘れるな……」

チョモンはその歌を覚えて歌った。養英学校に通う弟のホンギが歌うのを聞いて覚えた。どんな歌でも、一度聞いて二度目を聞いたら覚えてしまった。彼女もホンギと一緒に養英学校に通いたかった。彼女をよく一等賞と呼ぶ父に、機会があったら「あたしも養英学校に行かせて」とせがんでみたかった。

養英学校は女の子も入れてくれるだろうか。下の家のスニとチャンバンネに、一緒に行こうよと言ってみようか。

スニは教会に一緒に行く友だちだった。背が小さく、棗《なつめ》の種のような小顔にそばかすがたくさんあった。スニは教会に行く日以外は毎日、薪を集めて歩いたり、豚草を採集して回ったり、母の田畑の草取りを手伝ったりしてばかりいた。スニはチョモンと違って、潮干狩りをするのが嫌いだった。海が怖いらしかった。母が言うには、スニはチョモンほど賢くもなくしっかりしてもいず、活発でも利口でもなく、いつも恥ずかしがってもじもじしている子だから、嫁に行くにしても貧しい家に行くことになるだろうと言い、棗の実のような顔立ちからして平坦な人生ではない運命に生まれついたらしかった。チャンバンネは将来、自分の母のように巫堂《ムーダン》稼業をすることになるだろうということだった。

ナマコ

ウニのとげに刺されないように、足にしっかり沓縛《くつしば》りをした。沓縛りとは、軟らかい干潟に足首がはまり込んでも脱げないように、細い縄紐で足の甲と藁沓の底をしっかりくくることだった。

青黒い甘藻が茂っている軟らかい潟に入った。足首が浸かるほど潟に足が沈んだが、しっかり沓縛りをしていたので藁沓は脱げなかった。

横長い岩の下の方に黒っぽい青海苔が生えた黒ずんで平べったい岩場の近くに行った。岩場の周囲の濃い甘藻を一本ずつかき分けながら浅い海水に浸った潟の底をのぞき込んだ。マダコやボラやギンポなど海の生き物が素早く逃げるので、見つけたらすぐ機敏に両手で覆って捕まえなくてはならなかった。運が良ければボラやスズキやハゼ、ハコエビやマダコ、ナマコやワタリガニを捕ることができた。玉蜀黍《とうもろこし》ほど太い暗褐色のナマコが一匹、岩場の根元にある甘藻の茂みの中に伏せていた。ナマコをすくい取って籠に入れた。これは父の肴《さかな》だ。ナマコを食べると野生の朝鮮人参を食べたときのように精気がめらめら燃え上がるそうだ。父は「おぉ、ほら見てみな、わが家の一等賞がナマコを捕ってきたぞ」と言って、彼女の頭を満足そうになでてくれるに違いない。

波は海の底の方でざわついていた。その波は甘藻の方に上がりながら穏やかな揺らめきに変わり、視線を揺らしていた。彼女は灰色に暗く濁った水中を探った。足を踏み出すうちに素早く逃れようとする一つの暗灰色の影を見つけた。マダコだと直感し、そいつの行く手を両手でさえぎった。マダコは体を回そうとして彼女の手に捕まった。マダコを籠に入れたとき、背後からテセプの祖母の声が聞こえた。

「ほほう、あの娘っ子はすっかり潟漁名人になってしもうたわい！」

腰が曲がったテセプの祖母は岩場の下方の深い海にミズダコを捕りに行っていた。膝に赤い布を巻いていた。村人たちはテセプの祖母をミズダコ名人と呼んでいた。

ミズダコは赤い色を好むらしかった。岩場の隙間に入り込んでいるミズダコは赤い布にしがみつこうと外にはい出てそれに巻きつくので、その瞬間に捕まえるのだった。あたしもミズダコを捕まえてみようか。しかしチョモンは遠い沖から起伏を伴って寄せてくる大波が怖く、腰と腹が浸る青い水中に入るのが嫌だった。

ひたすら甘藻をかき分けながら魚を捕ることにして、引き潮で横倒しになっている甘藻をかき分けた。四方に角を出しているホラガイを一つ採り、丸々と太った銀色のサザエも採った。刃物のように平べったいギンポを二匹も捕った。ギンポは和布汁に入れるといい。母は喜んでそうするだろう。岩場の横に注意深く近づき、そのあたりの甘藻をかき分けた。またマダコを一匹捕まえ、玉蜀黍大のナマコも捕まえた。籠が重くなった。弟と妹たちまで食べさせるにはもっと捕らなくては。スズキやヒラメやタイを一匹捕まえたらいいのだが、それらはいなかった。彼女の膝の前で甘藻の方に跳ねつつ走って隠れる暗灰色の影があった。手のひら大のタイだった。籠を置き、両手でそいつを捕まえた。とげのあるひれで手を引っかかれたが、彼女は痛がったりしなかった。おぉ、しっかり者だなぁ。やったぁ、うれしいな。父ちゃんはこいつを焼いて食べることだろう。

潮が満ち始めた。甘藻が灰色の海水に浸った。テセプの祖母も岩場横の深みからもたもたと歩いてきた。彼女はチョモンの籠をのぞき込んだ途端、目を丸くした。

「ほう、こりゃまた、娘っ子なのになんでこんなに腕がいいのかねぇ！　大人よりもたくさん捕ったなぁ。うちはミズダコ三匹しか捕ってないのに……」

村に戻るチョモンの足は軽やかだった。チョモンは腰を曲げてのろのろ歩くテセプの祖母の先を行った。愉快だった。彼女が踏んでいく道、野原、前山、裏山で、空がゆらゆら踊っているように感じられた。

家に着くとすぐに父が、彼女の持ってきた籠いっぱいの獲物をのぞき込み、笑いながら大声で言った。

「おぉ、わが家の一等賞……」

文明

家族一緒に縁側で夕飯を食べていると、柴戸の方からスニの声が聞こえた。

「ねぇチョモン、教会に行こうよ」

チョモンは柴戸に向かって「うん、ちょっと待ってね」と大きな声で言い、そそくさとキムチ汁にご飯を入れてかき込み、「ねぇ、父ちゃん、あたし教会に行ってくる」と声を掛けてからおてんば娘のように柴戸の外に走り出た。

チョモンは十歳のころからスニと一緒に教会に通った。巫堂の娘チャンバンネはイエスの霊が怖いからと言って教会通いはしなかった。テセプはたまに教会に来てチョモンの顔を横目でちらっと見たりしているうちによくすやすやと居眠りをするのだった。

教会は、弓庭広場を過ぎてノモン谷に行く途中の高台にあった。四間柱間《はしらま》の、棟を幾つも重ねたトタン屋根の木造建築だった。庭の横には丈の高い二本のポプラの木が空を突いて立っており、その前と後ろの方には段々畑があった。ポプラの木では巣を掛けたカササギがギャギャギャと鳴き、周辺の田んぼではカエルが、教会で子どもたちが習う〈カギャコギョコギョクギュクギガ〉と〈ラリャロリョロリョルリュルリラ〉を熱心に覚えようとしていた。

トタン屋根の中央に木製の十字架があった。教会の西側に柴戸と庭があり、玄関はいつも開かれていて、建物の内部は薄暗かった。玄関を入ると、つるつるに磨かれた暗褐色の床があり、東側の壁の前には教卓があって、その後ろ側の壁の中央に、十字架に磔《はりつけ》にされたイエス像が掛けられていた。夕礼拝を行うときはランプが明々とともされた。

平日の水曜日と日曜日には伝道師が礼拝を執り行った。宣教師は月に一度来て、数日滞在するのが常だった。宣教師はすらりとした体、黄色い髪、にゅっと高いわし鼻、青い目をしていた。先月は宣教師が子どもたちにあめ玉を三個ずつとカードを一枚ずつ渡してくれた。カードには両肩に翼のある天使が色とりどりの服を着た子どもたちの頭をなでている絵が描かれていた。カードに描かれた子どもたちは髪の毛が宣教師のように黄色く、目が青くて、わし鼻だった。宣教師はとつとつとした話しぶりで説教をし、高い声で讃美歌を歌った。子どもたちに目を閉じさせてからお祈りの言葉を述べた。

教会にやって来るのは大半が二十歳未満の男女だった。皆、目を閉じたまま伝道師の説教を聞いていたが、チョモンはよくこっそり目を開けて周囲の様子をうかがったものだった。うとうと居眠りする子もいる。お祈りが終わると伝道師がオルガンを弾きながら讃美歌を教えてくれた。礼拝が済むと、ハングルも教えてくれた。黒板に〈コノドロモボソ　オジョチョコトポホ〉を書いて、ついて読ませたり、〈キニディリミビシ　イジチキティピヒ〉を書いて読ませたりもした。ノート一冊と鉛筆一本ずつを配り、黒板に書いた文字を書き写させた。

スニは目をつむって寝ていたが、チョモンは目をきらきらと見開いて、ついて読んだり書き写したりした。〈カクナクタクラクマクバクサク〉も読んで書き、〈コルノルドルロルモルボルソル　オルジョルチョルコルトルポルホル〉も読んでは書いた。

文字を読んだりノートに書いたりする勉強は楽しかった。〈人〉、〈父母〉、〈犬〉、〈牛〉、〈松〉、〈アリ〉、〈スズメがチッチッと鳴く〉……そのように書いたものを読むことは実に珍しい体験だった。〈ヤーウェの神様〉、〈アダム〉、〈イブ〉、〈天国〉、〈愛〉と書いて、その順に読んだ。文字を読むと頭の中がぱっと明るくなるように感じた。文字の中の世界、宣教師と伝道師が語ってくれる天国の世界は美しくて神々しく神秘的だった。

伝道師は宣教師が持ってきた紙を一枚ずつ子どもに配り、自分が言った通りにその紙に書き取るように言った。チョモンはきちんと書き取った。スニはチョモンが書いたものを盗み見て自分の紙に乱雑に書いた。

朝鮮語の勉強が終わると、算数を教えた。

「1＋1はいくつだ。2だ」

「2＋2はいくつだ。4だ」

「4＋4はいくつだ。8だ」

「8＋8はいくつだ。16だ」

「16＋16はいくつだ。32だ」

「では、32から9を引いたらいくつだ。わかった者は手を挙げなさい！」

チョモンは素早く十本の指を折ったり伸ばしたりしながら計算し、片手を挙げた。ほかの子どもたちはぽかんとした顔で目だけぱちくりさせていた。伝道師はチョモンを指して答えさせた。チョモンは立って答えた。

「23です」

伝道師は、よくできた、と言いながら拍手した。

面白いのは足し算九九だった。「1＋9は10、2＋8も10、3＋7も10、4＋6も10、5＋5も10、6

＋4も10、7＋3も10、8＋2も10、9＋1も10」という公式を覚えるのは楽しかった。

掛け算九九はさらに面白かった。「9×9＝81、8×9＝72、7×9＝63……8×8＝64、7×8＝56、6×8＝48……7×7＝49、6×7＝42……6×6＝36、5×6＝30、4×6＝24……5×5＝25、4×5＝20、3×5＝15……4×4＝16、3×4＝12、2×4＝8……」

教会の広場に張った紐を跳び越しながら「主よ、みもとに近づかん。十字架の道 行くとも」と讃美歌を歌った。紐跳びは、九九を覚えながらやったり「学徒よ学徒、若き学徒らよ」と歌いながらやったりもした。

胸のときめき

翌朝、チョモンは「主よ、みもとに近づかん。十字架の道 行くとも」と鼻歌を歌いながら潟漁籠に刃先の擦り減った鎌を一つ入れて浜に出掛けた。弟のホンギは養英学校に行った。チョモンも養英学校に行きたかった。養英学校のことを思うと、胸がどきどきした。村の弓庭広場で演説をしていた小柄でかわいい顔立ちのアダム先生が思い浮かんだ。顔がぽっと熱くなった。

脇に薄《すすき》が茂った道を、スキップしながら歩いた。藍染めのチマに白いチョゴリを着ていたが、跳びはねるたびに背中と腰のチョゴリとチマの端の合わせ目に長く垂らした髪が揺れた。編んだ髪の先には、赤い紗の手絡が結ばれていた。薄の葉は、刃物の切っ先のように尖っていた。その横で草の黄《おう》の黄色い花が咲いていた。

チョモンが近くの海の軟らかい干潟で漁をし始めたのは十歳のときだった。十一歳になる年の春からは女子としての性徴が現れ、生理が始まった。生理の際に使う生理帯を、母が不ぞろいに編んだ肌理《きめ》の細かい柔らかな布で作ってくれた。十五歳になった今はすっかり生娘だった。島の娘らしくなく肌が白百合の花のように白くて、背がすらりと高く、腰がくびれて長く、顔は柔らかくすべすべしていて、真っ黒な瞳がきらきらと澄んでいた。鼻はすっと高く、唇はやや厚めで、長い首の両横に鎖骨が程よく盛り上がっていて、胸のあたりがこんもりと膨らんでいた。彼女はむっちりした胸の上あたりでチマの端をぎゅっと結びつけていた。

空の真ん中に綿毛のように白い雲が一つ、北の方に流れていった。その雲の中からアダム先生の顔が現れた。養英学校に通いたかった。小柄なアダム先生を近くで見ながら勉強したかった。ボラ、ナマコ、マダコを捕って父ちゃんに渡しながら、学校に出す月謝の五銭をちょうだいとねだってみようか。市場から戻った母ちゃんに五銭ちょうだいとせがんでみようか。女の子でも一等賞だったら養英学校に行く資格があるはず。ホンギと一緒に通うの。午前中だけ学校に行って勉強し、午後は前の海で潟漁をして回ったらいいはずだわ。

チョモンはふと、素晴らしい手を一つ思いついた。テセプの家のお祖母さんのようにミズダコを捕って干した後、母さんに市場で売ってもらい、五銭を工面したらどうだろう。そうだ、明日からはミズダコを捕ろう。

腰の後ろでふさふさ揺れる長く垂らした髪の先をつかみ、首の右側に寄せて掛けた。彼女の半分縮れた髪は濃かった。その髪を彼女はいつもよく自分で結った。少し前までは母がよく結ってくれたが、今は一人で結った。垂らした髪の先に結んだ紗の手絡は、姉が嫁入りしたときにもらったものだ。垂らした髪の先を口にくわえて走った。

チョモンの母ヨンヨプは、前の海が悲しそうに泣いていた明け方にチョモンを産んだと言った。明け方の海の泣き声がおなかの中のチョモンを外に呼び出したのかもしれないと、ヨンヨプは言った。そのせいかチョモンは前の海が好きだった。

白い砂浜に満潮の海水がピシャピシャと打ち寄せていた。白い砂浜に座って沖から駆けてくる波を見つめていた。

母方の祖母

茄子色の夜空には赤い星、青い星、黄色い星、まさごのように小さい星々がきらめいていた。母は庭の真ん中に広げた筵《むしろ》に横たわって空を見つめながら、「あぁ、私の母ちゃんはあのどれかの星になって今、私を見下ろしているんだ」と言った。父は筵の横に蚊取り線香を焚いて居間に入った。線香の煙が蚊を追い払った。線香に蓬が入っているのか、その香りが胸の内を爽やかにした。

夜空を横切って流れる天の川の両岸に牽牛星と織姫星があった。母は、牽牛と織姫が一年に一度、七夕の夜に会うのだよと言った。二人はとても仲睦まじく、織姫は機織りをせず牽牛は牛に餌やりをせずに寄り添ってばかりいた。だから、神様が彼らを天の川の両岸に引き離したのよ。二人は七夕に一夜きりの出逢いをするために、泣きながら一年間ずっと熱心に牛を飼い、機織りをするの。

どこかの村で、子牛を引き離された牝牛が悲しげに鳴いていた。牝牛は喉が涸れていた。

あの時、ヨンヨプの右側にはチョモンが、左側にはチョンギとホンギが横になっていたが、二人の弟は眠っており、チョモンだけが母の話を聞いていた。

母は昔の夏に一度した話を繰り返していた。夜空のきらきら光る星々を見ると、自分の母を思い出す様子だった。

「あぁ、あの牛が哀れっぽく鳴くのを聞いてごらん」

悲しそうな声でつぶやくように言った。

「私の母ちゃんの里は、康津郡《カンジン》（この作品の主舞台である長興郡の西に隣接する郡）七良面《チリャンミョン》のポンファン集落だった」

真っ青な流れ星が空をよぎって流れた。流れ星は栗の木の向こう側の裏山を越えてどこかに落ちていた。母は繰り言のように語り続けた。

「私の母ちゃんは幼いころに父親を亡くして、藍染めの仕事をしている母ちゃんのもとで書堂に通う兄ちゃんと何とか暮らしていたのだけれど、書堂に通っていたとばかり思っていた兄ちゃんが東学（「西学＝キリスト教」に対抗して一八六〇年に慶州出身の崔済愚（チェ・ジェウ）が儒教、仏教、民間信仰などを融合して創始した宗教。李氏朝鮮末期の圧政と搾取に苦しんだ大勢の農民が加わり武装して各地で蜂起、農民戦争に発展し、これに軍事介入した清と日本が武力衝突して日清戦争（一八九四―一八九五）となった）に入ったようなのよ。東学の乱が起きたとき、私の母ちゃんは十七歳だったけれど、雲が湧くように白い服を着て立ち上がった東学軍が長興の広い石台《ソクテ》原で、あちこちに散らばった藁束みたいにたくさん死んだといううわさが広まって、私のお祖母《ばあ》ちゃんと一緒に長興の町までくねくね曲がった川辺に沿って五十里の道を歩いていったの」

東学軍のおじ

長興邑城南門前の石台原で大きな争いが起きた。蓬色の軍服を着た日本軍が、白い服を着て竹やりを持った東学軍に向けて機関銃を撃ちまくり、東学軍は野原に藁束のように倒れて死んだり、シロアリの群れのように野山を越えて逃走したりした。朝鮮の官軍は、負傷して足を引き引き逃げる東学軍を捕まえて川辺に引っ張っていった。川は凍っていた。

官軍はあちこちの村の家々に隠れている東学軍をしらみつぶしに捜索して引っ張り出した。両班《ヤンバン》（高麗・李朝時代の特権的な身分階層）や富裕層に取り入った人々からなる民保軍が官軍の先頭に立ち、東学に加わった者を捕まえた。物置部屋や甕や米櫃《こめびつ》、藁積みの中、納屋の片隅や天井裏に隠れていた若者をしょっぴいた。捕らえられた東学軍の捕虜は、黒い髪の毛が蓬のようにもつれていた。彼らを五人ずつ、両手を背中側の腰で縛った後、数珠つなぎにして耽津江《タムジンガン》南岸の砂原に引っ張っていった。

民保軍は川辺の砂原におびただしい数の杭を立てた。官軍と捕吏は東学軍の捕虜の一人一人に杭を背にして立たせ、両手を縛った紐を杭に結んだ。かさかさに乾いた藁で編み笠の形の蓑《みの》を作り、彼らの頭に被せた。東学軍の前で十余りの焚火を起こした。薪はバチバチと音を立てて猛烈に燃え上がった。官軍と民保軍、捕吏は、かがり火を一本ずつ手に持ち、捕虜に近づいて頭に被っている藁の蓑に火を付けた。かさかさに乾いた蓑が燃え上がった。蓑の火は杭に縛りつけられた若者の服と髪と顔を焼いた。東学軍の捕虜たちは身もだえし地団太を踏みながら悲鳴をあげているうちに窒息して死んだ。蓑がすっかり燃え尽きた後も息のある捕虜がいれば、官軍の兵士が胸を剣で刺した。

その年、徳島《トクト》から嫁いできた四十歳の女は十七歳の娘ヨンヨプを先に立たせ、長興邑城を取り巻くように流れる耽津江南岸の砂原へ息子のなきがらを捜しに行った。

砂原で黒々と焼けてしまった遺体が散らばっていた。年老いた男衆や女たちが、自分の息子や夫やきょうだいの遺体を捜し回っていた。徳島出の女はヨンヨプと一緒に遺体の間を縫って歩き回りながら、まず顔をのぞき込んだ。どの遺体の顔も黒焦げになっていたため、どれが自分の息子のなきがらなのかわからなかった。

彼女は焦げたズボンの裾と、ズボンの裾を結ぶ紐、足袋の特徴を調べた。自分が機織りをして作り、着せた木綿のズボンや、その裾紐、継ぎを当てた足袋を思い浮かべ、遺体の下半身を調べた。泥まみれになった木綿のズボンの裾と向こう脛の半月形の傷を、ついに発見した。片方の足は血まみれだった。けがした足を引きずって歩いているうちに捕まり、引っ張られてきたのだった。後で聞くと、一群の東学軍がピョンファ集落の竹林に逃げこんだ際に、やりのように鋭い竹の切り株が足に突き刺さり、もはや逃げることができなくなって捕まったらしかった。

徳島出の女は、真っ黒に焦げた息子のなきがらを抱きかかえて泣き叫んだ。ヨンヨプは兄の遺体の前にひざまずき、わなわなと震えながら泣いた。

隣村から片足がやや不自由な一人の老人を作業人として雇い、連れてきた。作業人が息子の遺体を背負子で担いだ。徳島出の女はその作業人について行き、ヨンヨプは母の後ろを歩いた。川べりを離れて山裾の方に行った。山裾の道端の枯れた草地に息子のなきがらを下ろした。作業人が鍬で凍りついた地面を掘った。かちかちに凍った地面に当たった鍬の刃がはね返された。作業人が休んでいる間は徳島出の女が掘った。地表を取り除くと地中は凍っていず、楽に掘ることができた。膝頭くらいの深さまで掘った。

彼女は藍色の外チマを脱ぎ、掘った穴の底に敷いた。彼女が息子の頭を、作業人が足を持って穴に横たえた。外チョゴリを脱いで、真っ黒に焼け焦げた息子の顔を覆った。母親は内チマを脱いで息子の体に掛けてやった。これで母親は、刺し縫いの白い内チョゴリと下着の上下だけの姿になった。両手で地面の土をかき集めて顔に、胴に、両足に被せた。そうして半分ほど土に埋まった息子のなきがらを抱きしめて泣いた。「あぁ、あぁ、私の子。かわいそうな私の子。おまえを凍った地面に埋めるなんて、あぁ、かわいそうに……」。そう言いながら号泣した。

作業人が、日が暮れかかっている、と言った。彼女が体を起こして穴から出ると、作業人が鍬で土をかき寄せて覆った。一つの大きなもっこを伏せたほどの墓ができた。巾着に入っていたありったけの硬貨を作業人に渡した。

彼女は作業人が自分の村に戻っていった後、息子の墓を抱きしめて泣いた。

「あぁ、あぁ、かわいそうな私の子、この無情な母ちゃんはおまえをこんな凍った地面に埋めておきながら、一人で暮らすと言ってよくも家に帰ることができるもんだ。よくもご飯を食って生きていけるもんだ」

彼女はヨンヨプに先を行かせながら、「死んだ者《もん》は死んだ者、生きてる者は生きてる者」と愚痴るように言いながら泣いた。雪の降る厳冬期の激しい寒さの中で下着の上下と内チョゴリだけを身にまとった彼女は、歯を食いしばって川沿いの道を歩いた。これからは娘のヨンヨプのために生きなくてはと思った。母娘がしっかり暮らしている姿を息子の魂に示すことが、あの子を安らかにするのだと思った。風が走ってきて、川にはくっきりと水紋が生じていた。夜空には赤、青、黄色の星がきらめき、北からヒューヒュー寒風が吹いてきた。彼女は「私の子や、かわいそうな私の子や」と悲しげにつぶやきながら、よろよろ歩いた。

徳島に移り住む

捕吏と民保軍が東学軍の遺族らをめった打ちにして家から追い出し、家に火を付けるといううわさが広まった。遠からずヨンヨプらが暮らしているポンファン集落にも彼らが押し寄せてきそうだと言った。徳島出の女は、実家がある徳島に疎開することにした。

真っ暗な夜陰に紛れて二人の女はポンファン集落を後にして天冠山《チョングァンサン》の方に歩いた。前を行くのは娘のヨンヨプで、その後を行くのが徳島出の女だった。娘は小さな服の包みを両手に提げ、徳島出の女は一抱えの掛け布団の包みを頭に載せていた。彼女は「あぁ、あぁ、わが子や、かわいそうなわが子や」と言って泣きながら歩いた。

天冠山の裾をくねくねと巡り、会鎮《フェジン》の渡しに着いた。薄暗い明け方の一番船に乗り、徳島に渡った。ハンジェ峠を越えてクンドンネ集落に入り、実家のおじのムンギを訪ねた。ムンギの家の物置小屋に、担いできた包みなどの荷を解いた。徳島出の女は人手が足りない裕福な家の海苔乾燥場で日雇い仕事をしながら、春になったら染め物商売をする準備をした。

山あいにあるムンギの段々畑横の一区画を開墾し、ポンファン集落から持ってきて保管していた藍の種を栽培した。藍が育つまでは日雇い仕事をし、藍がすっかり育ってから刈り取った。藍の葉を甕の中で熟成させた後、焼いた貝殻の粉を混ぜて染料を作った。その染料を甕に入れて担ぎ、藍染料の沈殿物を大切に取り分けて持ち歩きながら、結婚式を控えた家の生地を染めたり売ったりした。そうしながら、山裾にある息子の墓をしばしば訪れ、墓を抱きしめながらとめどなく泣いてから戻ってきたりした。

娘のヨンヨプは、ムンギの農作業を手伝ったが、その後、富裕な家で子守の仕事をした。背がすらっとしていて整った目鼻立ちのヨンヨプは口数が少なく従順だったので、ほどなくして見合い話が舞い込んだ。同じ集落のパク・トゥサムで、彼はムンギの母方の若い従兄弟だった。一枚の田畑も持たず、海で漁や海苔養殖をしている貧しい青年だったが、善良だった。染め物商売をして回りながら十日ぶりに帰宅した徳島出の女は、トゥサムとヨンヨプの結婚を許し、一月後に貧しい式を挙げさせた。

徳島出の女は、ヨンヨプがトゥサムの小さな家で新婚生活を始める準備をし、何度か行き来しながら布団と衣類を整えてやった後、染め物商売をしに出掛けた。ところが、それきり戻らなかった。トゥサムは徳島出の義母を捜して大興《テフン》、冠山《クァンサン》、長興《チャンフン》、康津《カンジン》の市場を歩き回った。染め物商売をする徳島出の女の容姿を説明しながら捜したが、一向に見つからなかった。

ヨンヨプは春、夏、秋の農繁期に手間仕事をし、冬の農閑期には海苔養殖をした。海苔の包みを頭に載せて大興と冠山の市場を回り、長興の市場にも出掛けて、染め物商売をする徳島出の母の容貌を示しながら捜してみた。康津、海南《ヘナム》、霊岩《ヨンアム》の市場に行き、和順《ファスン》、宝城《ポソン》、順天《スンチョン》の市場にも行ってみた。

生まれた娘が二歳になるまで子育てをしてから、再び母を捜しに出掛けた。あちこちの村や市場を回りながら一年間も捜し回ったが、無駄足だった。家に戻ると、すぐ身ごもった。赤ん坊を産んでからまた捜そうと思い、家にじっとしていた。しかし出産後は母を捜し回るのをやめた。もしかしたら誰か男やもめと出会い、一緒に暮らしているかもしれないと思った。どうかそうであってほしい。そのようにひどく親不孝なことを思いながら息子二人を産み、その後に娘を産み、さらに息子二人を産んだ。今では母を捜さなくてはという思いよりも、産んだ子どもを食べさせながら暮らさなくてはという思いにひたすら没頭していた。夫が日雇い仕事の稼ぎで持ち帰る穀物だけでは、息子や娘にたらふく食べさせることはできなかった。

染め物商売

ヨンヨプは、徳島出の母がしていたように染め物商売をすることにした。彼女は母がしていたことを注意深く見守っていた。羅州《ナジュ》まで出掛けて藍の種を買い求めておき、二月中旬、母が開墾しておいた畑に蒔《ま》いた。芽が出て、豊かに生い茂った。

母が使っていた大甕と壺をきれいにすすいでおき、梅雨時に雨水をたっぷりためて蓋をした。村人たちが海で採って食べた後に捨てたカキの殻をかき集めて庭の片隅の乾いた所に積み、藁で覆っておいた。夫に松の木の薪割りをしてもらい、軒下に積んで乾かした。

真夏の日照り続きのころ、庭の中央に薪を鋳型のように組み、その中にカキの殻を入れた壺を置いて火を付け、その上にさらに薪の束を載せる。焚火を二日間、昼夜ぶっ通しで燃やし続けた。三日目の日が沈むころにヨンヨプは、焼いたカキ殻の粉が入った壺を取り出した。焼けたカキ殻は壺の中で酸化し、粒のそろった灰白色の粉に変わっていた。

藍の葉は、豚草の葉に似ている。六月から七月にかけて花をつける草だった。ヨンヨプは、花が咲く前に藍草を刈らなくてはならないことを母から聞いて知っていた。日が昇ってから刈っても、夕方に刈っても駄目だった。必ず薄暗い明け方に刈らなくてはならなかった。藍草が深い眠りに落ちている間に刈らなくては、というのだった。

藍草は霊的な草で、神聖な品性を備えていた。藍草を扱う者はいつも沐浴《もくよく》をして体を清潔にしておかなくてはならなかった。人を憎む心や、疑念、嫉妬心を抱いてもいけなかった。ぜひとも白くて清い心でなくてはならず、生理の時期を避けなくてはならない。厠から戻ったら、体からにおいが消えるまで冷たい風に当たらなくてはならず、手をきれいに洗わなくてはならない。藍草を積んだ山をむやみに足で押してはならず、必ずきれいに洗った両手で持ち上げて移さなくてはならなかった。栽培するときも真心をこめなくてはならないが、刈って仕込むときも誠意をこめてしなくてはならないということだった。藍草を手入れする時期には喪中の家に行ってはならず、夫を遠ざけねばならず、清潔な服を着なくてはならず、髪をきれいに洗ってくしけずらなくてはならなかった。

藍草を甕に入れ、海辺の砂地で拾ってきた丸っこくて粒のそろった石を雨水で洗ってから押さえつけ、前もってためておいた雨水を注ぎ、藍草を浸した。藍草が溶けて藍色がにじみ出ると、葉をすくい取って水にほどけている沈殿物をふるいでこし取る。澄んだ青緑色の液だけが残ると、粒のそろったカキ殻の粉を程よく注いだ。準備しておいた衣服掛け用の棒でカキ殻の粉を入れた藍の液をしばらくかき混ぜた。ある程度かき混ぜると色の饗宴が始まった。最初の黄色に近い色を経て黄赤色、黄褐色、黄緑色、緑色、青緑色、青色、藍色などの色変化が生じた。棒でかき混ぜるとき、青味がかった紫色の泡が多く生じるほど良質の藍の染料になるのだった。

藍の色素とカキ殻の粉が沈殿して藍の液に顔が映るようになるまで、はやる心を抑えながら待った。ゆっくりと透き通った上澄みをすくい取り、甕の底に積もっている藍の沈殿物をかき取って布を敷いたこしきに受けて水分を取り除いた。そうして三日間置くと水気が完全になくなり、それを陽光でからりと乾かして壺に入れた。

次は豆幹《まめがら》や藍草の茎を燃やし、その灰で灰汁《あく》を作る。甕を室内のオンドルの焚き口に近い所に置いて、灰と水を十対一の割合で入れた。その灰汁に藍の沈殿物を入れると発酵する。一カ月ほど置き、時々かき混ぜた。かき混ぜるときは紫色の泡ができたり消えたりする。ヨンヨプはそれをのぞき込むと、「母ちゃん、できたよ！」と心の中で言った。

ヨンヨプは完成した藍の染料を母が〈花染料〉と呼んでいたのを思い出した。その理由は、全ての奥深い色を含んでいるからだった。彼女は花染料を平たい甕に注ぎ、前もって洗って何度もすすいで乾かしておいた綿布と絹布を、そこに浸してかき混ぜた。はっきりしたむらが一つもなく完全に染まったと思ったとき、真竹で作った庭の洗濯竿《ざお》に広げて干した。表面がつるつるした真竹の洗濯竿だと色を吸わないからだった。彼女は青い色に染めたり藍色に染めたり、奥ゆかしい空色に染めたりした。庭では美しくて上品な色合いの布がはためいた。布地は陽光を浴びて、含んでいた藍を吐き出した。

残った藍染料の沈殿物はかりかりに乾かして一つか二つの壺に入れておいた。夫は板材を切り、四つのほうろう瓶を置いて担ぐことのできる背負子の座板を作ってくれた。ヨンヨプは花染料をほうろう瓶に入れて背負子の座板に収め、担いで出掛けた。染め方を知っている人には藍染料の沈殿物を売り、すぐに染めてもらいたい人には、その家に数日滞在しながら染めてやった。娘の嫁入り道具を事前に準備する金持ちの家の方から彼女を呼び寄せた。

ヨンヨプは、家を出たきり消息がない徳島出の母が歩き回った同じ道を踏みながら染め物商売をした。母は藍草を栽培し、それを刈って藍染料を作り、また藍染料の沈殿物を持ってあちこちの村や家を歩き回りながらそれを売ったり、担いだ花染料を使って染めてやったりすることに余念がなかったのだが、ヨンヨプも母と同じ道をたどっているのだった。

ミズダコ捕り

チョモンはミズダコを捕らなくてはと思った。それを捕るには、赤い布が必要だった。弟のチョンギが下男暮らしをしている桐の家で飼っている牝牛の角の根元に赤い布が巻かれていたことを思い出した。走って桐の家に行った。チョンギが子牛に草を与えていた。チョモンはチョンギの耳にささやくように

「あの牝牛の角に巻かれている赤い布きれはどこから持ってきたの？　あの布、一尋《ひろ》だけでいいから手に

入れてくれない？」と頼んだ。チョンギは首を左右に振って「駄目だよ。あれには魔物が取り憑《つ》いているんだってさ」と言った。

「どんな魔物なの？」とチョンギに尋ねたが、頬ひげがぼうぼう生えている作男が客間から出てきてチョモンに尋ねた。

「赤い布きれを何に使うつもりかね？」

チョモンは何かをくすねようとしてばれたかのように後ずさりした。作男はチョモンの魅力的な顔とぷっくりした胸のあたりをちらっと見て鼻にしわを寄せながら言った。

「あれは葬式で柩を墓地まで運ぶときに使う哀悼の文だ」

チョモンは恥ずかしくてたまらず、うなだれて体の向きを変えたが、作男が「おまえ、もしかしたらミズダコを捕りたくてそう言っているのかい？　だったらこれを持っていきな」と言いながら家畜小屋の柱に掛かっている赤い布を外してくれた。その布には黒い漢字が書かれていた。作男が言った。

「ミズダコをたくさん捕ったら、俺にも一匹くれるよな？」

赤い布を籠に入れて海に向かうチョモンは、足が地に着かずに宙を歩いてでもいるかのようにくらくらと目まいがした。籠がいっぱいになるほどミズダコを捕るさまを思い描いた。胸がざわついた。

　干潮になり、軟らかい潟が現れた。この日はいつもと違って潮が大きく引く日だった。干潟の嫁岩と婿岩の底が半分ほど現れた。チョモンは履物が潟土で脱げないよう足に紐でくくりつけてから、籠に入れてきた赤い布きれを右膝にぐるぐる巻いて縛りつけた。魔物が取り憑いている布きれだからミズダコがよく捕れるだろう。籠を脇に抱えて干潟に入った。

平たい嫁岩と婿岩の前にはミズダコ目当ての人がすでに二人もいた。一人はテセプの祖母で、もう一人はノモン谷に住んでいる青山島《チョンサンド》（全羅南道莞島（ワンド）郡の南海沿岸の島）出身の若い寡婦だった。チョモンは彼女らの横に行った。腰まで浸かるほどの深さだった。

「チョモンもミズダコを捕るのかい？」

テセプの祖母が尋ねた。チョモンは「はい」と言って嫁岩の横に行った。岩の隙間を一つ見つけ、ぴたっと近づいて赤い布きれを巻いた膝を直角に曲げて密着させた。

ノモン谷のほっそりした青山島出の女が「チョモン！　ミズダコを捕ろうとしているってことは、お嫁に行かなくてはね」と言った。チョモンは「お嫁に行かなくてはね」と聞いて、演説していたアダム先生の顔が思い浮かび、胸がときめいた。寄せる波が足腰を取り巻いた。平らな岩場に踏ん張っていた足がバランスを失ってふらつき、危うく転んでしまうところだった。片方の腕で体のバランスを保ち、赤い布きれを巻いた膝を、暗い陰になっている岩の隙間へとさらにくっつけた。

ミズダコは賢くて色を見分けるだけでなく、においも嗅ぎ分けるらしい。女のにおいも男のにおいもわかるのだが、ミズダコは女のにおいをより好むそうだ。もちろん老いた女より若い女を好み、若い女の中でも生娘を好むそうだ。生娘の中でも、生理が済んで間もないきれいな生娘をより好むらしい。ミズダコは、恋患いのために死んだ男やもめや後家が生まれ変わった生き物ということだった。

チャンバンネは、牛山島《ウサンド》と徳島の間に浮かぶトリ島《ソム》で白い服を着たまま幽霊のように一人暮らしをしている後家の話をしてくれた。

「男たちが一目でぞっこんほれ込むくらいきれいなその若い後家さんは、一人で舟に乗ってすれ違う男たちに手招きして呼び込むらしいの。ところが、その女に心を奪われて島の入口に舟を着けて入っていった男たちは、骨と皮だけの瀕死の状態になって舟に乗せられてぷかぷか浮かぶのよ。後になってわかったんだけど、その後家さんはミズダコが化けた魔物だったそうなの。その後家さんは、引っかかった男を裸にして水中に入ろうと惑わしてから大きなミズダコに変身して、男の体をぐるぐる巻きにして肉と血を全部吸い取ってしまうのよ……もしも普通の女や生娘が何も知らずに一人でその島に入ってきたら、がっしりした凛々しい美男子が女をたぶらかして水中に入ってから大きなミズダコに変身して肉と血をすっかり吸い取ってしまうんだって。トリ島には野生の朝鮮人参も和布もアワビも多いといううわさだけど、だから人は決してトリ島には立ち入らないんだって」

人間に化けたミズダコの魔物に対するおびえを振るい落とそうとチョモンはぶるぶるぶるっと身震いして頭を強く振った。寄せてきた波が彼女の足腰をなでさすりながらぐるぐる回った。ミズダコに対する恐怖を振り払うために父を思い浮かべた。ミズダコを捕って帰ったら父ちゃんが「おぉ！　わが家の一等賞が、今度はミズダコも捕ってきたのか」と、しっかり者の私を褒めてくれるはずだ。

赤い布きれを巻いた膝に精神を集中させた。五、六歩離れているテセプの祖母と青山島出の女にはまだミズダコが捕れそうな気配がない。打ち寄せる波が彼女らの周りをぐるぐる回っているだけだった。

岩の隙間に隠れているミズダコをなかなか膝に群がらせることができず、チョモンは悔やんだ。甘藻の茂みに行ってギンポやハゼ、スズキの子、ナマコを捕ったりサザエを採ったりする方がよかったのだろうか。今からでもミズダコ捕りをやめて、甘藻の茂みに行こうか。軟らかい干潟に行って、マダコを捕ろうかな。いや、違う。もう少し辛抱して待ってみよう。ミズダコはマダコやナマコよりずっと値打ちがあるもの。病気で弱っている人を元気にする強壮剤になるもの。父ちゃんもミズダコの方がずっと好きに違いないし。

そのとき、赤い布きれを縛りつけたチョモンの膝に何かがぴたっとくっついて強力な吸盤で肌が吸われる感覚があった。全身に戦慄が走り、鳥肌が立った。〈ミズダコだ!〉と思うやいなや片手を水中に突っ込んだ。ミズダコの胴を手でつかんだ。ミズダコは彼女の膝に覆い被さってなかなか離れなかった。ミズダコの吸盤に歯があるような気がした。彼女はワッと叫びながらミズダコを力いっぱい膝から引き離すと同時に水面上に持ち上げた。彼女の両の手のひらを合わせたほど大きなミズダコだった。ミズダコはたくさんの足をいっぺんに広げながら抵抗した。チョモンはそれを素早く籠に入れた。

「まぁ、おばさん見てよ、あの子がミズダコを捕ったよ!」と、青山島出の女が感嘆の声をあげた。

「生娘と一緒に来たら捕れないね!」と、テセプの祖母が不満そうに言った。

チョモンの籠は、捕まえたでっかいミズダコでずしりと重くなった。ミズダコは胴を持ち上げて籠の縁からはい出ようとあがいた。ミズダコと、それを籠の底に下ろそうとするチョモンの手の戦いが続いた。チョモンは赤い布きれを縛りつけた膝を嫁岩の別の隙間にくっつけたまま、籠に入れたミズダコを見張った。

再び一匹のミズダコが、赤い布きれを巻きつけたチョモンの膝にくっついた。彼女は反射的にミズダコをつかんで持ち上げた。今度のミズダコも両の手のひらを合わせた大きさだった。彼女は胸がひどくどきどきした。ミズダコは八本の足を四方に広げて持ち上げ、暴れ回った。

「あれまぁ、あの子、ミズダコをよく捕るわねぇ!」と青山島出の女が妬み混じりの嘆声をあげた。

「もう捕るのはやめて、おまえさんは早くお帰りよ」とテセプの祖母がチョモンにつっけんどんに言った。

チョモンは聞こえないふりをし、今度は三歩動いて婿岩の隙間に赤い布きれを巻きつけた膝を当てた。籠の縁によじ登ろうとするミズダコの動きに注意しながらしばらく待っていると、またもや膝に一匹のミズダコがくっついた。チョモンはもはや慣れた手つきでそのミズダコを膝からはがして水面から持ち上げた。

「もう、あの子ったら!」

青山島出の女がぶつぶつ言った。彼女たちはミズダコをまだ一匹も捕っていなかった。

「今日はあの子のせいで散々だね!」

テセプの祖母がくどくど嫌味を言った。

「もうあんたは早く帰りなよ!」

青山島出の女がチョモンに向かって言葉を投げた。

日が沈み、潮が満ちてきた。五匹のミズダコを入れた籠を持って海からあがるチョモンはわくわくし、目がくらくらした。父の顔が浮かび、弓庭広場の木の下で演説していた小柄なアダム先生の顔も浮かんだ。

村に向かった。潟漁の人たちはチョモンの籠に入ったミズダコをのぞき込み、目を丸くした。潟漁の一人は「参ったな、こっちはチョモンより獲物が少ないよ」と恥ずかしがった。

家に帰るとすぐ、父は思った通りチョモンの頭をなでながら「おぉ、わが家の一等賞! わっはっはっは」と、ひげが揺れるくらい大笑いした。チョモンは思わず父に言った。

「父ちゃん、あたし、これを干して売って、養英学校に行ったら駄目？」

父は「おぉ、そうしな。養英学校に行ったらうちの娘は、きっと首席になるだろうよ」と答えながらミズダコをさばいた。皮をむいて裏返しにしたミズダコの胴の中に竹串を入れて弓の背のようにした後、下の部分を束ねた。それらを干し紐に吊り下げた。猫に取られないようにして日に干すのだった。

その日の夜、うとうと寝入って目を覚ますと、市場に染め物商売をしに出掛けていた母が戻っていた。母は、チョモンが捕ってきた日干し中のミズダコを見て家に入り「まぁ、どういうことなの！」と声をあげてから「まだ子どもなのに、波がものすごいあの海に入って……捕っているうちに波にさらわれでもしたらどうするの……これからは絶対にミズダコ捕りをさせないでよね」と言った。

父は母に「小さいやつを一匹だけ切って刺身にして食べ、残りは全部さばいて長竿《ながさお》の高い所に掛けておいたよ」と言った。母が言った。

「しっかり干し上がったら私が市場に持っていって売るわ」

チョモンが養英学校に行きたがっているという話を父から聞いた母は「女の子は誰も行っていないのに、チョモン一人が行くってこと？　何か問題が起きたらどうするの？」と心配そうに言った。

「ひどく行きたがるものだから、様子を見ながらとりあえず行かせてみようかと思ってね」

母が言った。

「月謝はあなたが持たせてやってよね」

父が言った。

「あの子は利口で賢いから、行かせたら首席になって、ただで行けるようになるだろうよ。試しに最初の月謝だけ持たせてやりなよ」

チョモンは脳裏に、小柄なアダム先生の顔を思い描いた。

養英学校

寡婦がそのにおいを嗅ぎすぎると体を壊すという、生臭くて危険な香りを放っていた栗の花が散り、田植えも終わった。村人たちは山裾の畑と家の裏手の畑に胡麻《ごま》や豆を植えたり薩摩芋《さつまいも》の芽を挿して水をまいたりした。空は青く、日差しがじりじり照りつけ、南の空に白い入道雲がもくもく湧き出ている。裏山で鳴くカッコウの声が村と野に響いた。

チョモンは白のチョゴリに濃い藍色のトンチマを着、髪をきれいに結って長く垂らした先に赤い紗の手絡がひらひらするようにくくった。父が新しく編んでくれた藁沓を履いて家を出た。チョモンの藁沓は、他の人のものと違って白い灌園蚊帳吊を編み込んで縁取りをしていた。チョモンはそのきれいな藁沓を自慢したくてたまらなかった。彼女は藁沓を何度も見下ろすのだった。その爪先からかわいらしい足の指が出ていた。

藍色のチマが風にひらひらそよいだ。チョモンは藍色のチマが自慢だった。スニやチャンバンネは白のチマを着ていた。彼女たちの母親には染め物をする腕前がなかった。彼女は右手に、父からもらった五銭を握りしめていた。

養英学校の黄色い藁屋根の二棟が見えた。もし彼女が学校に入ったら、チマを着て髪を長く結った唯一の少女の生徒になるのだ。彼女はひらひらと舞い踊るように弾む足取りで歩いていった。

普通の民家より大きく雄壮な、黄色い藁葺き屋根で間柱が四間幅の棟を重ねた家が二棟、それが養英学校の建物だった。田畑の真ん中にそびえているその建物には塀も垣根もなかった。百坪余りある校庭は畑と接している。

チョモンがまごついてきょろきょろ辺りを見回しながら校庭に入ったとき、オルガンの音に合わせた生徒の歌声が東側の建物から聞こえてきた。足音を潜めながら入って見回すと、〈職員室〉とハングルで書かれた表示を見つけた。その表示に向かっていくと、ドアが開いて一人の男性が出てきた。彼女はびっくりして凍りついたように立ち尽くした。その男性は、彼女がいつも思い描いていたアダム先生だった。二人の目が合った。チョモンは激しい動悸《どうき》がし、顔が赤らんだ。椿油を塗った先生の黒い髪が日差しを浴びてきらきら光っていた。

アダム先生は「おや、かわいいねぇ」と嘆声をあげ、チョモンの両目を穴が開くほどじっと見つめながら「かわいい娘さんが、どんなご用で来たんだい?」と尋ねた。チョモンは顔を赤らめながら片手でクンドンネ集落の方を指さした。アダム先生が再び尋ねた。

「クンドンネ集落から?……誰かのお使いで来たのかな?」

チョモンは黙って手に握っている紙幣を差し出した。手が震えて紙幣の端がひらひらした。アダム先生はチョモンの意を察し、喜びながら言った。

「学校に通いたくて来たのかい?」

チョモンは涙ぐみながらこっくりとうなずいた。アダム先生は信じられないといった表情で「ほんとに、かわいい娘さんが学校に来たいってこと?」と念を押すように問い直した。

チョモンは涙を見せたくなくて再びうなずいてからうつむいた。アダム先生は養英学校の開設以来初の女子生徒を迎えることになるのがうれしくてたまらないように「おぉ、よく来てくれたね」と言った。その声が高ぶっていた。アダム先生は、水鳥のように清らかでかわいいチョモンの姿に心が浮き立っていた。

「では、こっちにいらっしゃい」

職員室には小さな机が五つあった。アダム先生は一番端っこの机の前にチョモンを立たせて入学書類を作成した。名前を尋ねられた彼女は震える声でパク・チョモンと言い、父の名前はパク・トゥサムと答えた。年は十五で、家族構成については、姉は嫁ぎ、上の兄と下の兄は結婚して独立し、二人の弟のうち一人は養英学校に通い、もう一人は下男をしていると答えた。アダム先生は目を大きくして、学校に通っている弟の名前を尋ね、チョモンはパク・ホンギと答えた。

アダム先生は高ぶった自らの感情を隠せずに、彼女にノート一冊と鉛筆一本を与え「この学校には、お嬢さんみたいにかわいい女の子は初めてだよ！」と言いながらチョモンの顔をまじまじと見た。色白で明るい顔の肌にはそばかす一つなかった。卵形の顔立ちで、二重まぶたの目は澄み、唇はぷっくりと厚めで、首は長く鼻はすっと高かった。アダム先生の視線が顔のあちこちを探るものだから、チョモンは顔を赤らめた。アダム先生は話を続けた。

「生徒は男子だけで……女子生徒は一人もいないけれど、ごつごつした男子生徒と一緒にうまく勉強できるかい？」

チョモンはうなずいた。「少ししたら校長先生の許可をもらうけれど、今日から勉強するつもりかい、それとも明日から？」と尋ねた。

チョモンがためらっているとアダム先生が「ほほぉ、パク・チョモン、目がきらきらしているところを見ると、勉強がよくできそうだねぇ」と言い、彼女の頭をなでた。

チョモンはアダム先生の手が頭に触れたとき身震いした。彼の手に触れた髪の毛からびりびりした戦慄が起き、それが脇と胸の真ん中に広がった。同時に胸から熱い湯気が跳ね上がり、それが顔をかっと火照らせ、胸を高鳴らせ、呼吸を速くした。涙で目が潤んだ。両手で顔を覆って泣いてしまった。アダム先生が当惑して「あれ、どうして泣くんだ? ぼくが何か悪かったかな?」と言った。チョモンは慌てて頭《かぶり》を振りながら手のひらで涙を拭い「違います、違います」と言った。アダム先生は宙を見つめながら、あははと笑った。彼女の清純な感情の動きとひりひりするような体臭が、訳のわからない激しい風になって彼を襲ったのだった。

上機嫌

ペンギンのように真っすぐ座った、髪が真っ白な母は疲れも知らずキンキン声で話すのだが、すっかり興奮し、興に乗っていた。私は母の上機嫌と興奮状態が認知症に良くないのではないかと心配になり、一切れの西瓜を勧めながら言った。

「これで喉を湿らせて」

私は、摂動《せつどう》ということを思った。それは、太陽系の惑星が別の惑星の引力によって軌道に影響を受けるという意味だ。母という星と父という星は、自分の軌道を巡りながら互いの引力を及ぼし合うもので、それによって互いの軌道が少しずつ変わることであり、そのようにして生涯を並んで過ごすようになるのではないだろうか。それはもしかしたら運命的な律動なのだ。

母は震える手で西瓜の一切れを受け取り、口に入れた。母のゆがんだ口の端から赤みがかった果汁が流れ、妹はちり紙でそれを拭った。

母の両足の甲には青い静脈が牝牛の前脚のひづめ形を描いていた。それは私の足の甲にもあったが、いつだったか母はそれを指しながら「血管がこんなふうに牛のひづめのようだったらこつこつと長生きするんだよ」と言った。母の両足には鮮紅色のペディキュアが塗られている。手にもマニキュアが塗られていた。私の視線が母の手足の爪に注がれていることに気づいた妹は「チョハがお祖母ちゃんの足の爪をこんなふうにお化粧してあげるんだって」と言った。チョハは母の孫で、大学生だった。

私は母から、父の来歴についてもっと事実に基づいたことを聞いてみたかった。少し前に母から父の経歴のおおよそは聞いて知っていたのだが、それを認知症が若干ある母の口からもう一度聞きたかった。私は母を刺激するために幾分強引に質問した。

「そのとき二十四歳だった父さんは小柄で、どんな来歴の男性なのかよく知りもしなかったのに、あまりにも美男子だったから十五歳の娘だった母さんは一目ぼれしたのだろうね。父さんはそのとき、結婚して奥さんがいたのでは？　今だって、それはほんとに大変なことなのに？　母さんの両親は、家の一等賞の娘を後妻として嫁がせたいと思っただろうか？　常識的に考えて、ぼくは理解できないよ」

母は若干うなだれながら生唾をごくりと飲み込んだ。母は新婦のころ〈幼い娘のくせに既婚者のハン・

ウンギと恋愛し、普通に暮らしていた前妻を離婚させて結婚した〉と人からそしりを受けたことによるトラウマがあった。母は声を高め、断固として言った。そのときはもうすっかり興奮していた。

「私はほんとに潔白なんだよ。絶対に！……私は既婚者のお父さんと恋愛して前妻と離婚させて結婚したんじゃないんだよ。わが息子の前で、とくに末娘の婿の前で天に誓って言うよ。私の話を聞いたらきっと納得するだろうよ」

室内に緊張感が漂った。母は、西瓜の一切れをさらに噛んで飲み込み、話し続けた。

アダム先生

チョモンが胸に秘めた男性、アダム先生はセトマウル集落のハン・ウンギで、既婚者だった。ハン先生は、捕れたてのボラのように溌溂《はつらつ》とした生娘チョモンの涙を見た瞬間、胸の内に熱い風が湧き上がるような戦慄が起き、脇の下と脳天に広がった。その戦慄は生まれて初めて覚える感情だった。二十四歳の既婚者である彼は、心の中で身震いした。十五歳の年頃のチョモンは、藍色のトンチマに白いチョゴリを着ており、色白の魅力的な顔で体はすらっとしていて目はきらきら輝き、鼻はすっと高くて首筋は長く、ほっそりした鎖骨はチョゴリの襟の表に現れており、長く編んで背中側の腰に垂らした髪の先には赤い紗の手絡が結ばれていた。

チョモンを前に座らせたままウンギは妻のキム・スンシルを思い浮かべた。スンシルは背が長竿のように高く、腰と足が長くて、胡馬《こば》（古代中国の胡の国に産した馬。体格が良く、騎馬として用いられた）のように体格ががっしりしていた。彼はずっと以前からスンシルとは家庭内別居中だった。スンシルの実家は同じ集落内にあった。スンシルには二人の兄がいたが、二人とも力が強いシルム（朝鮮半島の伝統相撲。両者が組み合った姿勢から試合を始める。優勝者は天下壮士と呼ばれる）の力士だった。父親も若いころはシルムの試合場から優勝賞品の牡牛を引っ張ってきたことがあったが、今はぜんそくの症状が一進一退していた。

　スンシルはシルムの力士を出した家の娘らしく体格が良かったが、頭は鈍かった。機織りや裁縫などの針仕事はできず、足裏の当て布が破けた足袋の繕いも下手で、うまく履けないことがあった。夫や舅姑の服のアイロンかけもろくにできず、義父母に内緒で実家に持っていって、母にしてもらったりしていた。毎食の炊飯にしても、粥だかご飯だかはっきりしないようにうまく炊けず、おかずの味付けもひどく塩辛く、食後の後片付け中に皿をよく割った。それでいて、叱られた後は腑抜けたように一つの所にいつまでも突っ立って遠くの山を眺めていたりした。それを義父母たちは〈ぼんやり病〉と形容した。

　スンシルの上まぶたは腫れぼったく、眼差しはぼうっとしており、顎はしゃもじのように長めで、唇は分厚かった。イロハのイの字も書けず、足し算引き算や掛け算もできなかった。口数が少なく、いつもむっつりした表情で、姑や小姑、夫の言うことをよく理解できずに行動がのろかった。彼女は、背丈が低い家系にとって体格が馬のように大きいことが唯一の長所だった。

小柄な家系を大きく

ハン・ウンギの祖母チョン氏（朝鮮・韓国社会では通常、結婚した男女は結婚前の姓名のままで、子どもは父親の姓を継ぐ）は二十一歳になるまで子どもができなかった。息子を一人授かりたい一心で四十里離れた天冠寺《チョングァンサ》に足を運んで仏供養をした。それから六カ月後に産気づき、息子のチュニル（ウンギの父）を産んだ。

チュニルは体格が五尺（約百五十センチ）に満たないほど小柄な上に虚弱で、しょっちゅう病気した。幼いころから煎じ薬の容器をいつも横に置いて暮らさなくてはならなかった。ウンギの祖父母は息子のチュニルに農漁業や海苔養殖の仕方を教えないことにした。しっかり勉強し分家して暮らすようにと、書堂《ソダン》に行かせた。

チュニルは五歳のときから書堂に通った。書堂はハンジェ峠近くのソナン谷にあった。書堂の生徒は二十人余りだった。ケンマウル、セトマウル、クンドンネ、トクサン、チャンサンの各集落から集まった子どもたちだった。チュニルは最年少だったが、頭脳明晰だった。『千字文』（四言古詩二百五十句からなる習字の手本）『童蒙先習』（千字文の次に習った、漢字による教材）『小学』（児童に儒学を教えるために作った修身書）『明心宝鑑』（高麗時代、児童の学習用に中国の古典にある賢人の金言名句を編集した本）などを十二歳までに全部読み終え、十三歳からは『論語』『孟子』を順に読み、十七歳からは『大学』『中庸』を、十九歳から二十二歳までは『詩経』『書経』『周易』を読んだ。書道、詩作、水墨画もしっかり学んだ。

三経を教えるのは書堂の先生にも難しいことだったので、チュニルにとっては独学同然だったが、よく理解できない部分を解読するために著名な先生を求めて別の書堂に行くこともあり、長興郡の名刹天冠寺と宝林寺《ポリムサ》、康津郡の白蓮寺《ペンニョンサ》、海南郡の大興寺《テフンサ》の高僧を訪ねて『詩経』と『周易』を学ぶこともあった。

四書三経の全てに精通したチュニルは、二十四歳になった年から近隣の村に行って書堂の先生をした。独身教師のチュニルは虚弱な体質ではあったが、顔立ちが良く、書堂で学ぶ児童の心を学問の力でぎゅっとつかみ、文字をしっかり教えた。書堂の児童は彼の実力に圧倒された。静かで柔和な性格だったが、児童が勉強を怠けたり居眠りしたり文字を覚えきれなかったりすると、罰として容赦なく細木の枝でふくらはぎをぴしゃりとたたいた。

チュニルは先生稼業だけでなく、四柱や土亭秘訣《トジョンピギョル》（李氏朝鮮時代から伝わる運勢占い）で村人の運勢も見てやったり、求婚書を書いてやったりした。また婚礼などの吉日選びをしてやったり、『東医宝鑑』（李氏朝鮮時代に許浚（ホ・ジュン）らが著した医学書）を熟読してそこに書かれている通りに一種類で効く薬の作り方を教えてやったり、お守りの札を書いてやったりしたので、児童の父母に受けが良かった。

食糧難の時代で、農家の食糧事情が窮迫する春の端境期には大半の人々が飢餓状態だった。この世に生まれた以上、人々は何とかして自分が食べる分だけは稼がなくてはならなかった。チュニルは体が弱かったものの、書堂の先生業で食べていけるだろうと考えた人たちがいたおかげで結婚相手が見つかった。貧しい慶州《キョンジュ》キム氏の家の娘だったが、両親はありがたがって受け入れ、式を挙げた。

ところが、そのキム氏の娘もまたチュニルと同じく小柄で病弱だった。それでも子宝には恵まれて長男のウンギを授かり、二人の娘とさらに一人の息子を産んだ。子どもたちは皆、チュニル夫婦に似て小柄だった。

ウンギの祖母チョン氏は、村人らが体格の小さい息子のチュニルをからかい、見くびっていることを伝え聞いて知っていた。書堂の教師チュニルは、結婚後は上着の上に羽織を着、冠の形をした笠を頭に被って出歩いたが、村人は「見えるのは笠と羽織ばかりで、それを着ている人は見えないぞ」などと揶揄《やゆ》し、あざけったのだった。チュニルの学問が深く高いにもかかわらず、郡ごとに設けられた郷校は体格が矮小《わいしょう》な彼を受け入れなかった。祖母のチョン氏は悔しがった。

初孫のウンギも、がっしりした体格で賢くはあったものの背が低かったため、村人は幼いころのウンギを〈サルケ〉と呼んだ。サルケとは、踏み臼の胴部に付いている太くて短い軸木のことだった。

息子チュニルと孫ウンギの体格が小さいことをからかわれるのが腹立たしく恨めしいチョン氏は、初孫のウンギだけは何が何でも体格が大きな血筋の家の娘と結婚させ、長竿のように背が高くがっしりしたひ孫を産ませなくてはと心に決めた。ウンギの祖父と話し合った後、体格が大きく力の強い血筋である光山《クァンサン》キム氏宅の背が高い末娘を孫の嫁にしようと、仲人役を間に立てた。

同じ集落のその娘は名をスンシルと言った。彼女の家は田んぼ一枚持たず、辛うじて山畑の一区画があるだけだった。父親は、夏場は漁船に乗り、冬場は海苔養殖をして暮らしていた。兄の一人は漁業と海苔養殖をし、もう一人の兄は金持ちの家で作男暮らしをしていた。彼らはシルムが上手で、試合場からよく賞品の子牛をもらって家に戻り、二かます分の米を同時に担いで運ぶことのできる力士だった。しかし彼らは文字が読めず無学だった。文字を学ぶ機会がなくて学べなかったこともあるが、頭がそれだけ鈍かったのだった。祖母チョン氏はその家の無学をあげつらったりとがめたりすることはできなかった。ひたすらその家から体格が大きく壮健な血筋を得たかったのだ。一族の体質を変えるためには、体格のがっしりした嫁を選んで迎えなくてはならないのだった。

ウンギの祖父と両親は、祖母チョン氏の意に従ってその光山キム氏宅の娘と結婚させることに同意した。結婚式は新郎新婦が十六歳になる年の初冬、寒風が吹く日に挙げた。冷たい風に交じって雪がちらほら舞っていた。

結婚式は新婦の実家の庭で行われた。結婚式の服を着て黒い角が付いた冠を被り、屏風の前に立った新郎ウンギの頭は、礼服に冠を被った新婦スンシルの肩に辛うじて届く程度だった。いくつか年下の弟が年上の姉さん格の女性と式を挙げているようだった。

スンシルが嫁いできて三日目から早くも彼女のあらが目立ち始めた。姑キム氏の指示に従って朝早く釜に麦と米を入れて炊いたのだが、麦と米が生煮えで粗砂のようにざらざらごつごつし、底の部分は茶色に焦げていた。煮干を入れて沸かした干葉《ひば》のみそ汁は海水のように塩辛くて苦く、とても喉を通らなかった。

姑キム氏の義母、大姑のチョン氏は、自分が積極的に迎えた孫嫁の未熟なことがよそに広まらないように、「誰だって最初のうちは失敗の一度や二度はするものだよ」とかばった。姑キム氏は大姑チョン氏に、新米の嫁に炊飯を任せたことを謝り、黙ってご飯とみそ汁を作り直して朝食の膳を整えた。キム氏が食事の支度をし直す間、スンシルは台所の片隅に木偶《でく》のように突っ立っていた。

スンシルが炊いたご飯としょっぱすぎるみそ汁を家畜の牛と豚と犬に与えたのだが、家畜すら食べようとしなかった。すっかり萎縮したスンシルはその日の朝、後片付け中に皿を割り、その破片で親指の先を切ってしまった。

スンシルは、書堂の先生をしに出掛ける舅チュニルのパジチョゴリ（男性の伝統服で、ズボンと上着）とトゥルマギ（袖の幅が広い伝統服の外套）のアイロンがけをしている際、ズボンの裾に火種を落として焦がしてしまった。姑キム氏はスンシルから、夫のパジチョゴリとトゥルマギをひったくるようにしながら、ぶっきらぼうに、しかし義父母には聞こえないように低い声で叱った。

「一体全体、おまえにできることって何なの？」

その後スンシルは、借りてきた猫のように室内でしばしばぼんやりと座っていたり、台所の片隅でぼさっと突っ立っていたりした。

ウンギはスンシルのすることなすことがもどかしく、苛立った。彼女は、舅姑たちが脱いでおいた洗濯物の服を全部抱えて実家に持っていき、夕方に戻ってきた。スンシルの実家の母は、彼女が抱えてきた服を洗いアイロンがけをしてから、夕方に婚家に持ち帰らせたのだった。

婚家の大姑チョン氏と姑キム氏が何か仕事をさせようと「嫁御や！」と呼んでも、実家に行った嫁が返事をして現れるはずがなかった。婚家の大人たちは日が暮れるころ洗濯してアイロンがけをした服を抱えて現れたスンシルを見て、むしゃくしゃする胸の内をため息で紛らわせるしかなかった。

ウンギとスンシルは台所の奥にある小部屋で寝起きしていたのだが、彼女は夫のためにてきぱきと寝床を敷いてやりもしなかった。ウンギがもう寝ようと催促してやっと、のそのそと体を動かした。

「おまえは一体、何を考えているんだ？　どうしてこっちで洗って干してアイロンがけをせずに実家に持っていって、一日中そこにいてから戻ってきて大人たちを怒らせるんだ？」

ウンギがそう言っても彼女は何も言い返さず、ひたすら黙りこくっていた。

ウンギはスンシルに背を向けて寝た。彼女に近づくことができなかった。彼女の体からは酸っぱいような汗や、長く寝かせた醤油のようなにおいがした。

あるときなどは、縁側に出ていた大姑チョン氏が「何か焦げ臭いにおいがする」と言った。どこから何かが燃えるにおいがしたのだった。庭で唐辛子のへたをちぎっていた姑キム氏が振り向いて鼻をくんくんさせながらきょろきょろ見回した。そのときスンシルは台所で皿洗いをしていた。

ウンギは祖父について野良仕事に出掛けるため背負子を担ごうとしたとき、厠の戸から白っぽい煙が流れ出ているのを見た。とっさに火事だと思い、厠の中に駆け込んだ。厠の片隅に積んでおいた灰とみ殻から煙が上り、ちょろちょろと炎が出ていた。その上方の天井には屋根裏があり、そこには縄をなったり藁沓を作ったり筵を編んだりする藁の束が積まれていた。そこに燃え移れば家全体が焼けるところだった。熾火《おきび》を含んでいる焚き口の灰を、厠のもみ殻にスンシルが捨てたのだと、ウンギは直感した。大小便を汲んで火を消していたが、祖父が後から入ってきて、チッと舌打ちをした。

ウンギは台所をのぞき、スンシルにつっけんどんに言った。

「焚き口の灰をかき集めて捨てるときは、ちゃんと火が消えたかどうかしっかり確かめなきゃ……家を丸焼けにするつもりか?」

大姑チョン氏は穏やかな声でウンギに「おまえ、声が表に聞こえないようにおしよ」と言ってからスンシルに「焚き口からかき出した灰は、一日置いてから捨てるようにするんだよ」と言ったが、スンシルは台所部屋に入ったきり、一日中そこから出てこなかった。

ウンギは、大人になるにつれて妻のスンシルが憎らしくなり、見るのも嫌になった。そのような感情ばかりが募っていくスンシルのことを思うと、どこかにふっと行方をくらましてしまいたかった。何としてもスンシルと別れたかった。田んぼを一枚売ってほしいと祖父にせがみ、日本に留学したかった。

ウンギの胸の内がわかるはずもない祖父は、彼を連れて田畑と海を歩き回りながら仕事を教えた。祖父は都市で書堂の先生をしている息子のチュニルを諦めて、孫のウンギに農漁業による家業を継がせようとしていた。日照りの際に川の水を田に引き入れる方法、苗代の作り方、田畑に堆肥を敷き入れ、牛を使い鋤で耕して種を蒔く方法、唐竿《からざお》で脱穀する技術、シャベルと鎌の使い方も教えた。

「田畑を耕すときは犂《すき》の先じゃなく前を行く牛の左脚を見ながら早め早めに手綱を案配したり、牛の向きを変えたりしなきゃならん。何もかも耕すときの道理と同じだ。この世の中、いつも遠い先を見通しながら暮らさなきゃならん」

ウンギは祖父に耕作方法を習いながら、ふと、別のことをよく考えたものだった。遠い先を見つめる生、土まみれではない人生を送りたかった。普通の小中学校を経て普通の高校で勉強し、日本留学後に官僚になりたかった。判事や検事や弁護士になるなり、自治体の長になるとかして暮らしたかった。せめて面や郡の職員になるなり、学校の教師になるとか金融組合の事務員になるとかして暮らしたかった。そして、今の妻と別れて新学問を学んだ新女性を妻にして暮らしたかった。彼は夜になるとろうそくに火を付け、買い込んだ通信教育の教材でこっそりと日本語、数学、英語の勉強をした。

二十歳になった年の早春の夕方、会鎮港のある呑み屋で、都会生活をしたことのある友人たちと会い、酒を呑みながらいろんな話を聞いた。友人らは日本、アメリカ、イギリス、フランスなどの先進的な文物を受容する問題、新学問を学ぶ問題について語った。

光州にある普通高校の卒業を控えた一人の友人は、卒業後すぐ日本に留学すると言う。日本に行って、どんな大学だろうと入学さえしたらアルバイトで学費を稼ぎながら学業を終えることができると言った。日本の東京には留学生たちの集いがあり、その集いのリーダー格の学生が木浦《モッポ》出身のキム・ウジンだと言った。ウジンは木浦の大金持ちの息子で、経済的に豊かな彼は暮らし向きの苦しい留学生たちを何かと援助しているそうだ。何とかして日本に行きさえすれば、ちゃんとした道が開けると言うのだった。

酒に酔って家に戻ったウンギは祖父の部屋に入り、正座して言った。

「ぼくはずっと前から通信教育の教材で真面目に勉強しているけれど、限界があるんですよ。お祖父さん、新学問を勉強しに日本へ行きたいんです。ぼくに機会をください」

祖父は即答しようとはせず、宙を見つめてばかりいた。ウンギは話を続けた。

「田畑を一枚だけ売って留学費用をつくってくれたら、留学後に必ずその何倍かの田畑を返しますから。ぼくに投資すると思って、後押ししてください。お祖父さん、ぼく、ちゃんとやり遂げる自信があります」

祖父は、乾いた唇を唾で湿しながら言い聞かせるように話した。

「ウンギよ、わしはおまえが賢くてしっかり者だということはずっと前から知っておる。だがのう、おまえの前に座っているこの爺《じじい》は今何歳だ、来年は古希じゃ。おまえの親父は一族の家業なんぞ何も知らずに、今は遠い村の書堂で洟垂《はなた》れどもを集めて先生稼業をしておる。わしは、おまえの父親には農業を継がせず、まさにおまえに継がせようと思っておる。おまえが田畑を売って日本留学に行っちまったら、誰がおまえの代わりに農作業をしたり海で海苔を採ったりするんじゃ？　留学したいなど、そんな欲は捨てて、世の雑音には耳をしっかり塞いで農作業をしたり冬には海苔を採ったりして暮らしてくれ。おまえの嫁も小部屋に閉じ込めて仲間外れにしたりせず、文字や計算の仕方を教え、礼儀も教えてやりながら仲良く暮らしたらどうだ。よく考えてもみろ。この家の暮らしは、おまえでなきゃ誰が支えると言うんだ」

ウンギは負けずに我を張った。

「お祖父さん、ぼくにだまされたと思って、目をつぶって田んぼを一枚だけ売ってください。きっかり三年だけ日本留学をして来ます。法律の勉強をして検事か判事か弁護士になるなり、将来は郡の長や面の長になるなりしますから。少なくとも金融組合の事務員ぐらいにはなって、土まみれの無学な人間のまま生きて死にたくはないんです」

その瞬間、表情が強張った祖父は引き出しをガラッと開け、中から田畑の権利書と印鑑を取り出して憤然とした声で、「どいつもこいつも口先ばかり達者で我慢ならん……貴様、親の持ち物の田畑を勝手に売り払ってさっさと日本留学に行っちまえ」と言って部屋の戸を開けたかと思うと、手にしていた印鑑と田畑の権利書を庭に投げ捨てながら言葉を継いだ。

「一族が飢え死にしようがしまいが、おのれのことだけ考えて勝手にするがいい」

話し終えた祖父は、ふうっ、と長いため息をつきながら部屋の床にドタリと寝そべってしまった。祖父の顔は深いしわと、暗い赤紫色の染みに覆われている。目と頬はぼこっとへこみ、頬骨が高く突き出ていた。

ウンギはしばらく頭を深く下げて座っていたが、戸を開けて表に出、祖父が投げ捨てた田畑の権利書と印鑑を拾い上げて部屋に戻り、祖父の前にそれを置いて膝を折り謝った。

「お祖父さん、ぼくはくだらない夢を見ていました。ごめんなさい。お祖父さんのご指示通り静かにはいつくばって野良仕事と漁業をしながら暮らします」

希望

暗鬱な霧が立ち込めた洞窟のような絶望に陥っているウンギの心に、隣家の金在桂《キムジェゲ》（一八八八―一九四二。独立運動家。一九一九年三月一日の三・一独立運動当時、天道教の長興教区長で、教主の孫秉熙に従って独立運動に加わった）が一筋の光明をもたらした。

金在桂はウンギより干支一巡の年長者で、ソウルにある天道教（崔済愚（チェ・ジェウ）を教祖とする東学の思想を受け継いだ宗教）の中央金融観長だった。体格が大きい上に、幼いころソウルで新学問を学んだ金在桂は故郷に戻るたびに、新学問の教育を受けることができなかったウンギをよく呼び出し、前に座らせてあれこれ質問したり教えたりした。

朝鮮の地を植民地支配している日本について、朝鮮がその支配から脱して独立するためにはどうすべきかについて、若者の間で密かに流行している社会主義と天道教、そして今後の抱負について尋ねた。ウンギの耳に、独立、社会主義という言葉が残った。大徳のウォルジョン里に住む大おば宅の一歳年下のパク・チョンノが時々やって来て、いろんな話をして帰った。

国内外の独立運動勢力は民主主義陣営と社会主義陣営に分かれているが、朝鮮が独立するためには社会主義の力を借りなくてはならないと言った。――朝鮮の社会はロシア式の社会主義体制に改造しなくてはならない。そうしてこそ朝鮮の未来が開ける。日本は軍国主義の独裁国家として朝鮮の地から何もかも搾取するのみで、貧しい人々を救おうとせず、暮らしが窮迫している人々をさらに困窮させている。日本は朝鮮を未開の状態のまま永久支配し、朝鮮を未来のない地のままにしようとしている――というのだった。表紙をはぎ取った一冊の本を渡し、これを熟読して社会主義運動のメンバーに加われと言った。日本政府にへつらって利益を不当に貪る少数の地主どもが所有している農地を、多数の貧しい労働者が奪って分配して耕作し、平等に分かち合って食べていく社会にならねばならないという内容の本だった。パク・チョンノは、その本に関する話を誰にもしてはいけないと念を押した。日本の特高警察の刑事らは、意識に目覚めた朝鮮の人々の中でも特に社会主義者を徹底的に洗い出して除去しようとしているというのだった。

ウンギは金在桂の話を聞きながらずっとうつむいていた。チョンノから聞いた情報だけをもとに知ったかぶりをすることはできない。自分はただ家族を食べさせるために野良仕事をし、海苔養殖をして暮らしているだけで、日本に留学して新学問を学んで官吏になるという欲望や男としての大望なんかもうとっくに引っ込めたのだと答えた。

金在桂の目にウンギは、聡明ではあるが自信がなさそうに映った。彼はまず、アジアを飲み込もうとしている島国の日本について語った。朝鮮の農産物や地下資源を永久に収奪する植民地と見なしている日本と戦うためには、この地の愚昧な人々を覚醒させなくてはならないと言った。

「ウンギ、まずはおまえが目覚めなくては」

日本に対する最大の抵抗は、未開な人々の啓蒙と教育だと言った。――ロシア式の社会主義ではなくアメリカ式の民主主義教育をしなくてはならない。若者の間でロシア式の社会主義が流行しているが、まかり間違ってもそこに加わったりせずに、ひたすら教育のみを通じて民衆の啓蒙に神経を集中しなければならない。そして、この地の一人一人が天に等しい高貴な存在として尊重されなくてはならず、平

等な自由を享受できる人権を持つという天道教の教理によって世の中を目覚めさせなくてはならない
――そう言った。

「ウンギ、俺はおまえにチャンスをやりたい」

金在桂は、徳島の四人の青年をソウルの牛耳洞にある天道教の教徒養成所、鳳凰閣に入学させ、教育を受けさせてから彼らを再び故郷に戻して、徳島内の青少年教育に当たらせるという遠大な計画を語った。

「有望な青年四人が教徒教育を受けている間、俺はセトマウル集落のチュンチョン地区に養英学校を設立するつもりだ。青年が教徒教育を終えたら連れてきて教師として雇うつもりでいる。養英学校を建てる敷地の購入もすでに済んでいる」

金在桂は話をいったん切り、間を置いてから続けた。

「ウンギ、おまえの考えはどうだ？　俺が考えている四人の青年の一人として、ウンギ、おまえを入れたい。養英学校では朝鮮語、日本語、漢文、数学、科学、農業、音楽、遊戯、修身の科目を教えるが、おまえは漢文を教えながら学校の運営に責任を持ってくれ。俺はずっと前から、ウンギよ、おまえを実の甥っ子のように思っているんだ」

ウンギは胸がじんと熱くなった。正座し、喜んで意に沿うよう努力しますと言った。

孤閨の悪鬼

ウンギ、スンシル夫婦の不和と家庭内別居は、スンシルの鈍さ、不潔さ、女性らしくなさから始まったが、夫婦関係が壊れたのはウンギのせいだった。ウンギは夜になると、しばしば掛け布団一枚と枕を持って祖母の部屋に行き、オンドルの焚き口から遠い下座で寝たものだった。祖母のチョン氏は、ウンギ夫婦の家庭内別居に胸を痛め、独り寝をしているスンシルの部屋に行かせようとしばしばウンギに言い聞かせた。

「若々しい夫婦がこんなふうに別々の部屋で寝起きしていたらいけないよ。おなかの中で世の中のことを全部習ってから生まれてくる人間なんていないのだから。私も嫁に来たばかりのころは何をしても下手だった。失敗もしょっちゅうやらかして舅姑からよく叱られもしたんだよ。だけど一つ一つ覚えながら暮らしてきたんだ。おまえは物事がずっとよくわかっているんだから、嫁が知らないことや間違いを教えてやりながら暮らす努力をしてごらん。犬も牛も飼い馴らしてうまく使うのに、まして人間がしつけられないことなんてあるものか、いくら鈍くても犬だの牛だの馬の子だのよりはましなんじゃないか?」

ウンギはぶっきらぼうに「祖母ちゃん、何も知らないくせに、まったくもう」と言っただけだった。

スンシルは鈍くて気が利かず怠惰でのろまで手際が悪く、四季を問わず自らこまめに体を洗わなかった。柔らかくて良いにおいがする洗い立ての服に着替えもせず、夫を迎えるために腰湯を使いもしなかった。彼女からはいつも、酸っぱいような、脂臭いような、小便臭いようなにおいがした。生理の前後には、出来損ないの醤油か塩辛を煮詰めたようなにおいがした。その上、夫婦間に会話がなく気持ちを通わせることもなかったので、おのずと情が薄れた。ウンギは、体を清潔にできないスンシルの私生活について祖父母にどうしても話すことができなかった。

ウンギとスンシル夫婦の部屋は台所の奥にあった。まず台所の戸を開けて中に入ってから北側の壁にある戸を開けて入らなくてはならない小部屋だった。小部屋は暗く、狭くてじめじめしていた。

スンシルは嫁に来てからずっと一人寝をしていた。一人で寝るのは怖くて寂しい。彼女はしばしば厠に行くふりをしてこっそり実家に行き、寝てから戻ってきた。門を出て路地をいくらか下っていくと実家だった。実家の母はスンシルを婚家に帰らせようとしたが、スンシルは泣きながら婚家には帰りたくないと駄々をこねた。

娘が気掛かりでならない母は、クンドンネ集落にある行きつけの巫堂《ムーダン》に駆けつけて占ってもらった。巫堂は、スンシルとウンギに夫婦仲を悪くさせる孤閨《こけい》の悪鬼が取り憑いていると言った。実家と婚家の両方に、往生できずにさまよっている雑多な魔物がうようよしているからだと言う。それを追い払う祈禱を両家で一晩ずつ行うように言った。

初秋のある日の夕方、スンシルの母は男女の巫堂を連れてウンギの家の庭に入った。彼女はウンギの祖母チョン氏の部屋に入り、拝まんばかりにして言った。

「一人寝をしている娘がふびんで見ていられないので、今日、行きつけの巫堂を連れてきました。どうか今夜一晩だけ目をつぶってください。二人のために孤闐の悪鬼を追い払う祈禱をしなくてはいけません。両家の有象無象の幽霊がとんでもないくらいうようよしているらしいんですよ。どうか勘弁してください」

スンシルの母は両手を合わせて頼んだ。

ウンギの祖母チョン氏もむげに拒むわけにはいかず、ご勝手に、と答えた。ウンギの母キム氏は姑チョン氏が許可してしまったので文句も言えず、ただ見守っていた。そのときウンギの祖父とウンギは海の仕事に出掛けてまだ戻っていなかった。スンシルの母とその連れの一行は庭の中央に筵を広げ、祈禱のための壇を整えた後、用意してきた食べ物を並べた。

ウンギの母キム氏は客部屋に引っ込んでしまった。

巫堂らは白地の服を着たスンシルを筵の真ん中に座らせ、祈禱をし始めた。男の巫堂がケンガリ、チン、チャンゴを打ち鳴らし、コムンゴとヘグム（鉦や太鼓、弦楽器など多様な韓国の民族楽器）を弾いてシナウィ（全羅道、忠清道、京畿道の南部の巫楽に由来する曲調の一種）の曲調を奏でた。名のある老巫堂が、亡霊が宿る白い籠を両手で持った。それをスンシルの頭と顔に近づけながら祈禱の歌を唱えた。男の巫堂が準備しておいた案山子《かかし》を立たせ、その胸の中央を包丁で刺した。村人らが一人二人と祈禱の様子を見ようと庭に入ってきた。スンシルの母は、祭祀膳の後ろに立てた神像の前にひざまずき、両手を擦り合わせた。

日暮れ近く、海に出ていたウンギが祖父とともに路地を上がっていくと、自宅の方から農楽（農村で田植えや収穫時、祝祭日などに豊作を祈願して演じる楽舞。民族楽器を鳴らして舞う）の楽器の音とシナウィの歌声が聞こえてきた。彼は祖父の先に立って自宅に駆けつけた。ちょうどそのときスンシルの母は庭に明かりをともしていた。ウンギは門から中に入るやいなや担いでいた背負子を放り出して、巫堂たちに「ふざけたまねを、すぐやめるんだ」と叫んだ。彼の義母が訴えるようにウンギに言った。

「ハンさん、これはみんな、あなたたち夫婦のためなのよ、あなたもスンシルの横にお座りなさい。あなたとスンシルから孤閨の悪鬼を追い払うためにこうしているのよ」

頭に血が上ったウンギの目に、案山子の胸に突き刺さっている刃物が見えた。彼は男女の巫堂に近づき、チャンゴ、チン、ケンガリ、笛、コムンゴ、ヘグムなどの楽器を乱暴に蹴飛ばし案山子を放り投げた。手にした棒を男女の巫堂に向かって狂ったように振り回した。おびえた巫堂は楽器をかき集め、門の外に走って逃げた。遅れて門から庭に入った祖父が「ウンギよ、人を殴ったらいかんぞ」と言ったが、ウンギの耳には入らなかった。ウンギは義母とスンシルに向かって「顔も見たくない、さっさと出てけ！」と叫んだ。

スンシルの母は娘の手を引っ張り、巫堂の後について出ていった。巫堂はスンシルの実家で夜通し祈禱をした。庭の中央に座らせたスンシルの横に男の形の案山子を立たせ、その胸に刃物を刺したのは、ウンギの体内に孤閨の悪鬼を取り憑かせている魑魅魍魎《ちみもうりょう》をやっつけるためだった。

天道

ウンギが祖母の部屋の片隅で寝ようとしていたとき、隣家のピョンスがやって来てウンギを呼び出した。ソウルから戻った金在桂が、ウンギを呼んでこいと言ったということだった。ウンギはすぐさま金在柱の家に向かった。

金在柱の父親は一八九四年の冬、東学軍に加わったまま戻らなかった。金在柱はソウルに行った後、財力がある東学徒の子孫たちと一緒に暮らしているうちに、日本から戻った孫秉熙《ソンビョンヒ》（一八六一―一九二二。独立運動と教育に力を注いだ天道教の第三代教主。東学から天道教に改称した）と会った。孫秉熙は東学を新しく興そうという大志を抱いていた。

孫秉熙は忠清道の堤川《チェチョン》で東学軍を率いて蜂起し、全琫準《チョンボンジュン》（一八五四―一八九五。東学と連動して李朝末期に起きた甲午農民戦争の指導者。小柄だったことから〈緑豆将軍〉の愛称がある）の本隊を支援しながらソウルに向かって進撃中、公州《コンジュ》の牛禁峙《ウグムチ》で日本軍の機銃掃射を受け、持ちこたえきれずに敗戦した。全琫準を中心とした指導部が壊滅し東学の敗残兵が散り散りになって、日本軍を後ろ盾にした官軍と民保軍が東学を根こそぎにしようとすると、孫秉熙は密航船で日本に逃れた。仮名を使って日本で暮らしていた孫秉熙は、東学を再興しようと考えて帰国し、志のある東学徒の子孫を集めて天道教を創設し、その教主になった。東学の子孫が惜しまず財産を投げ打ったので、孫秉熙はそれを基に大規模な宗教法人を作った。

北漢山《プッカンサン》のふもとを流れる牛耳川河畔に鳳凰閣《ポンファンガク》を建て、各地から東学の子孫と、国をしっかり建て直そうという志を抱いた若者を集めて教徒訓練を受けさせた。鳳凰閣に入学した若者は半年間の訓練を受けた。日本留学から戻った先覚者がそれらの若者を教えた。孫秉熙の娘婿、方定煥《パンジョンファン》（一八九九―一九三一。韓国児童文学の草創期に活動した作家。一九二一年に〈天道教少年会〉を組織し、本格的な少年運動を展開した）を中心とした先覚者らは教徒に、崔済愚《チェジェウ》（一八二四―一八六四。韓国で起きた宗教、東学の教祖。西洋伝来の〈西学〉に対して東学とした。世の中の混乱は人々が天命を省みなかったためだとし、天の意志を重んじた）が著した経典『東経大全』（天道教の創始者、崔済愚が著した経典。崔済愚が一八六四年に処刑された際に焼却されたが、第二代教祖の崔時亨（チェ・シヒョン）が経典を暗誦して復元した）と朝鮮語、朝鮮史を教えた。日本に打ち勝つには日本を知る必要があるとして日本語も教えた。方定煥は、国を取り戻すためには今後この国の柱となる子どもを正しく教育しなければならないと考え、子ども憲章を作ってそれを守り覚醒させるセクトン会運動を展開した。

金在桂は徳島内に養英学校を設立して青少年を啓蒙しようという夢を抱いていた。学校を設立するには、そこで青少年を指導する先生をまず養成しなくてはと考えた。金在桂はウンギに言った。

「ウンギ、俺と一緒にソウルに行かないか。鳳凰閣に入学して伝道教育を受けることになるから、まず天（天道教の教理の中心で、宇宙の本体としての天を意味する）を信じるんだ。天は、われわれ全ての体内に入っている崇高な存在だ。言い替えれば、この崇高な存在を内包しているわれわれ一人一人が天でもある。漢字では《人乃《すなわち》天》と書く。われわれは生まれたときから天の精霊を抱いてこの世に現れたのだ。この精霊はわれわれの髪の毛を伝って脳に入ってくる。髪の毛は植物の根のように天から精気を吸い込む。われわれが頭上に戴いている天とはすなわち、天の世界だ。天を信じることは、われわれの体が天なのだという事実を認識して生きるということだ。天であるわれわれは、この世で最も偉大で尊い存在だということだ。天であるわれわれは、誰もが平等で幸福を追求する権利があり、誰からも圧制を受けず自由に暮らすべき存在なのだ。われわれは今、朝鮮の地に入ってきた日本人たちを、われわれの天の力を借りて追い出さなくてはならない」

金在桂は「開闢《ケビョク》」（天道教団体で民族文化実現運動のために設立した開闢社から出版したが、日本の弾圧により一九二六年八月、通巻第七十二号を最後に廃刊となった）という雑誌を数冊渡しながら熟読してみるように言い、国内外の状況に関する話をして天への奉仕を説いた。

「わが天道教では、何も前面に掲げたりしない。われわれはどんな言葉も前面に押し立てはせず、ただ心の中でのみ、わが内部の天を崇めるのだ。明け方に起きて一度、心穏やかに座って目を閉じたまま、わが内なる天の言葉に耳を傾けるのだ。天の言葉に疑問を感じたら、その天に尋ねたらいい。そして気持ちが落ち着かないときは、心の中で祈禱文を唱える。祈禱文は〈侍天主造化定永世不忘萬事知《サチョンジュチョファジョンヨンセプルマンマンサジ》〉（天道教の教理を圧縮した内容が込められた祈禱文）というものだ。心が静まったら、心の天に誓うのだ。〈わが国を踏みにじった日本人らを一夜のうちに追い出し、この国を揺るぎないものにいたします〉というふうに……その後に実践するのは、一握りの献米をすくって壺に入れることだ。献米とは、その家の主婦がご飯を炊くときに瓢《ひさご》ですくった食事一回分の米から取り分ける一握りの米のことだ。わが天道教では信徒たちが集めておいた献米を納めて教会堂の運営費に使っている」

ウンギは金在桂の勧誘に従って天道教に入った。朝早く起きて結跏趺坐《けっかふざ》（坐法の一つで、両足の甲をそれぞれ反対の腿の上に載せて押さえる形の座り方）をしたまま心の中で祈りの言葉を唱え、〈わが国を踏みにじった日本人らを一夜のうちに追い出し、この国を揺るぎないものにいたします〉という祈禱文を心の中で暗唱し、献米を一握りすくって壺に入れた。それを母のキム氏に言って実践するように依頼した。

鳳凰閣

ハン・ウンギ、パク・チョンフェ、ト・ヨンウク、キム・チュテの四人は金在桂に従ってソウルに向かった。夕方早く栄山浦《ヨンサンポ》駅から汽車に乗った。汽車は暗闇を貫いて走り、夜明けごろソウル駅に着く。駅前の食堂でクッパプ（野菜や肉の薄切りなどを具とした大衆的なスープかけご飯）を一杯ずつ食べてから電車に乗り、終点の敦岩洞《トンアムドン》で降りた。下駄を履き、開化杖（手で持つ部分が湾曲している西欧風の杖）を突いて歩く紳士や着物を着た女性の姿が目についた。

彌阿里《ミアリ》峠（ソウルの城北区にある峠）を越え、共同墓地を過ぎ、水踰里《スユリ》の野原を突っ切って進む。広い車道がつくられていたが、車は通っていなかった。牛耳洞《ウイドン》は松林の中にある村だった。牛耳川の川辺道に沿って三角山《サムガクサン》の裾野に向かった。牛耳川の左側の山裾に天道教の教徒養成所、鳳凰閣の立派な建物があった。赤煉瓦造りの平屋だった。

事務室で受け付けをし、寄宿する部屋を割り当てられ、夕方七時に入信式が行われた。教徒訓練生は五十人だった。西洋風のハイカラ髪に口ひげを生やした品のある顔立ちの孫秉熙先生が訓話を行った。天の調和によって生まれ育った諸君は、各自の天の調和に従って熱心に道を磨き、諸君の故郷に戻って天の意志を調和良く繰り広げて、失われた国を救い、国と民族を揺るぎないものにする使命を持っているという内容の訓話だった。

教育は翌日から始まった。早朝五時に起床、牛耳川の水で拭き掃除をし、体操をした後、教会堂で座って祈禱をしてから朝食をとった。八時から修身と『東経大全』と漢文の古典を学び、夜には黙言祈禱の修行もした。人間の体は天の調和によって生成された存在である。全ての人は天それ自体であるため平等だ。朝鮮半島内の全ての人々が自身の体内に天が入っていることを認識し、その天の意志に従って生きていけば独立を成就することができる。

日曜日には学科の勉強はなく、明け方の祈禱修行だけだった。早朝、金在桂が藁沓を十足買い込んできた。浩然の気を養うためには山に登らなくてはならないと言うのだった。徳島の青年四人は藁沓を足にしっかり縛りつけ、金在桂について北漢山に登った。牛耳川沿いに坂道ができている。その道は道詵寺《トソンサ》を横に抱き、将軍峰《チャングンボン》に向かって延びている。ハアハア息をしながらやっとのことで峠を越え、将軍峰に着いた。空は藍色で、波のようにうねって流れる山麓は青緑色だった。山々を見下ろしながら深呼吸。ちょうど栗の花が咲いていて、茂みには亜米利加木大角豆《あめりかきささげ》が花をつけていた。山鳩とイシタタキが鳴いた。

将軍峰の頂上で金在桂は青年たちに歌を教えた。「血がたぎる二十世紀半島の青年よ」と金在桂が先唱し、四人の青年が後について歌った。

漢文の先生

六カ月の教徒訓練を終えた四人の青年が故郷の徳島《トクト》に戻ったとき、セトマウル集落のチュンチョン地区に養英学校の建物二棟が建設されていた。黄色い藁葺きの韓国伝統家屋で、四間柱間の棟重ね家二棟だった。金在桂が私財を投じて設立したものだった。金在桂は四人の若い教師とともに開校準備をした。オルガン、黒板、白墨、ノート、鉛筆などの物品を買い入れた。大工を呼んで、教師用の机を作った。生徒たちは床に座ったまま勉強するしかなかった。

このころにソウルでは宣教師たちによって梨花《イファ》学堂、貞洞《チョンドン》女学堂などの私立学校も設立されていた。この私立学校運動は全国的に展開された。光州でも宣教師らによってスピア学堂が設立された。

金在桂は教職員会を組織した。書堂で漢学をしっかり学んだク・カプソクを校長に据え、漢文の先生および学校を運営する事務係長にハン・ウンギを、日本語、音楽、数学の先生にト・ヨンウクを、朝鮮語の先生にキム・チュテを、修身の先生にパク・チョンフェをそれぞれ任命した。

金在桂は教職員とともに夜間を利用し、各村を回りながら養英学校で学ぶ生徒を募集した。設立者の金在桂と、声が良く雄弁なハン・ウンギが弁士として前に進み出た。

徳島の西側にはチャンサンとトクサンの二集落があり、東側にはクンドンネ、ケンマウル、セトマウルの三集落があった。人口は二千人くらいだった。五つの集落から五十人余りの生徒が集まり、四月の初めに開校した。二年制だ。生徒は全員男子で、年は大半が十歳から十九歳までだった。二十歳を超え、既婚の生徒も三、四人いた。

先生と生徒の皆が午前中に授業を終え、昼食は各自、家に戻ってから食べ、午後は農業と漁業に専念した。午前だけ先生として勤め、午後は農民や漁民となった。

ウンギは作男一人を使いながら養英学校に勤務した。午後は作男と一緒に農作業をした。このときもまだウンギは妻スンシルとは別の部屋で寝起きしていた。

不幸

ウンギが早朝、祖母の部屋に掛けておいた黒い背広を着て養英学校に出掛けようとしたところ、ワイシャツが見当たらない。壁に掛けておいたのに、なぜないのだろう。スンシルが洗ってどこかに置いたのだろうか。ウンギがスンシルを探しながら名を呼んだが、答えがない。やむなく韓服を着て出掛けようとしたとき、スンシルが家の門からシャツを手にして現れた。ウンギは苛立っていたため、スンシルからそれをひったくった。ところがシャツの前裾に焦げ跡がある。アイロンがけの際に炭火を一つ落としたようだった。ウンギはかんしゃくを起こしてシャツを引き裂いてしまった。背広を投げ捨てて韓服に着替え、門から表に出ながら考えた。この女を捨ててしまわなくては。

ウンギが家庭内別居中とのうわさは村内に広がり、養英学校の教師にも伝わった。ソウルから時々戻ってくる金在桂もその事情を知っていた。

ウンギの頑なな態度から金在桂は、彼が妻と仲直りし子どもをもうけて暮らすのは無理だと考えた。金在桂には婚期が過ぎた従妹がいた。一学年の終業式を前にして帰郷した金在桂はウンギを呼び出し、前に座らせて言った。

「夫婦がそんなに家庭内別居ばかりしていてどうするんだ、ハン君?」

金在桂の言葉にウンギはうなだれたまま唇をなめてばかりいた。金在桂が続けた。

「そういう場合はいっそのこと離婚しなさい。二十歳で親となり、三十歳で立身出世すると言うではないか。別れるのなら一日でも早く別れてこそ、君の奥さんも新たに別の男性と出会えるようになるではないか。奥さんの実家に慰謝料を渡して戸籍を整理し、二人がそれぞれ別の人生を歩くようにしなさい」

ウンギはひざまずいて「おっしゃる通りにいたします……ところで慰謝料はどれくらい渡したらいいものでしょうか?」と尋ねた。金在桂は「多いほどいいだろうが、君の都合もあるだろうから、両親、祖父母には内緒で奥さんの実家に米三十俵分の金額を渡して離婚を頼み込んでみなさい」と言った。金在桂は、もしウンギが離婚したら、自分の従妹チャンスクと一緒にさせたかった。ウンギは身を低くしてお辞儀をし、家に戻った。それからは、離婚の準備を始めた。養英学校から受け取る俸給を一銭も使わずに貯金した。

失敗

一学年の終業式の日、養英学校の教師は皆、三差路の呑み屋で金在桂先生を囲んで会食をした。ゆでた鶏肉、ボラの刺身と塩焼きがたっぷりで、焼酎が出てきた。最初の終業式とあって教師らは浮かれていた。酒を酌み交わしているうちに、肩を組んで歌を歌ったり、立ち上がって踊ったりした。ウンギは寂しく憂鬱だったためうつむいたまま酒を呑んでばかりいた。お開きになった後、肩を組んだまま〈血がたぎる二十世紀半島の若者よ〉を合唱しながら呑み屋を出た。別れ道で名残を惜しみつつ千鳥足で歩いた。呑みすぎたウンギは意識がもうろうとしていた。

ウンギをセトマウル集落の方に見送ったトクサン集落のキム・チュテがト・ヨンウクとパク・チョンフェに耳打ちをした。妻と別々の部屋で寝起きしているウンギを担いで、彼の妻の部屋に下ろそうというのだった。酔った彼らは先を歩いていたウンギに飛びかかった。体が大きく力の強い彼らは、小柄なウンギの腕を一本ずつ肩に掛けた。ウンギは足が地に着かないまま引っ張られていった。彼らにそうされながらウンギは寝入ってしまった。ウンギの家庭事情をよく知っているチュテが、ウンギの妻がいる小部屋の戸を開け、酔ったウンギを中に押し込んだ。彼らは、部屋に入ったウンギが酔いつぶれたまま飛び出してくる気配がないと知って、親たちにあいさつをして帰っていった。

しばらくしてスンシルに悪阻《つわり》があり、彼女の実家の人々は、やっとうまくいった、これでよしと胸をなでおろした。

ウンギは誰も恨めなかった。酔って失敗した自分に問題があるのだった。その後ウンギは二度とスンシルの部屋に入ろうとはせず、祖母の部屋の片隅で寝る日が続いた。あらためて周到に離婚の準備を進めた。

スンシルが女の子を出産した。健康な子だったが、ウンギは赤ん坊を見ようともせず、俸給を貯めるのに余念がなかった。米三十俵分の金額になった。子どもが二歳になる年の春、彼は妻に離婚話を切り出した。妻は泣きながら実家に行った。ウンギは妻について妻の実家に行き、義父母に離婚させてほしいと承諾を求めた。スンシルは子どもを抱いたまま泣いてばかりいた。スンシルの実家の家族はかんかんだった。妻のきょうだいが飛びかかってウンギを殴った。義母が間に入って懸命にやめさせ、追い返した。ウンギは鼻血を流しながら小道に出た。血だらけになった顔を小川で洗い、祖母の部屋に入って寝た。

翌日、彼はヨンウクとチュテを呑み屋に呼び出し、昨夜、妻のきょうだいに殴られた話をしてから言った。

「俺が失敗するきっかけをつくった君たちが責任を取って離婚できるようにしてくれ。俺はあの女とは暮らせない。理解力もなく、イロハのイの字も書けず、ぼうっと立っているばかりで、おかずを作ったり飯を炊いたりすることすらろくにできない女なんかと暮らせるものか……君たちはこんなに不幸な俺をただ見物しておくだけなのか。あの女に一生縛りつけておくつもりなのか。俺は今、米三十俵分の金を用意している。君たちがこの金を持って協議離婚できるようにしてくれ」

しばらく考え込んでいたチュテがウンギに言った。

「ご両親が結んでくれた運命的な伴侶と考えて、このまま我慢して教えながら暮らせないものなのか」

ウンギは首を振ってから言った。

「もしも君たちが俺の言うことを聞いてくれなかったら、俺は学校の先生をやめて、どこか遠い所に逃げてしまうよ。いっそのこと、これまで貯めた金を持って日本に留学に行くつもりだ」

チョンフェが言った。

「ヨンウク、俺たち二人で何とかしよう。離婚させるんだったら今しかない。子どもはこっちに引き取って、あっちは米三十俵分の金を持って再婚したらいいからね。米三十俵分と言えば、凶作に備える田んぼの一、二枚は買えるだろうし。大徳か冠山か龍山《ヨンサン》の谷間のどこかに……この金を持っていくと言えば、ありがたがる男やもめはいるだろうからな」

ヨンウクはうなずき、チュテは「君らがそう言うなら、俺も一役買わなきゃな」と言った。

彼らは学校の授業が終わると、呑み屋で一杯引っかけてからスンシルの実家に押しかけた。ヨンウクはウンギの義父と会い、別々の部屋で寝起きしているウンギに失敗を仕出かさせたいきさつを話した上で、ウンギの決意の固いことを告げた。

「……ウンギは非常に強く決心していて、離婚するために米三十俵分の慰謝料を用意して返事を待っています。離婚するのだったら年が一つでも若いうちに新しい道を歩けるようにしてあげなくてはいけません」

ウンギの義父はフンとせせら笑って頭を振った。

「俺の娘は年取って死ぬまで、残飯をもらって一人暮らしをしようが離婚はさせんぞ。二人とも別の部屋で暮らしながら年取って死ぬ運命のようだな」

離婚の許可を得ることができずに戻った彼らに、ウンギは米四十俵分の金を渡すからと頼んでみるようにと粘った。チュテは、また行くにしても十日くらいは間を置いてからにしようと言った。

数カ月後、村内で一つのうわさが立った。ウンギの妻の実家で内密に娘を再婚させようと、冠山のトンチョン集落で暮らす三十代後半の男やもめに仲人を立てているといううわさだった。その男やもめは、作男をしているうちに妻を亡くし、三歳になる娘が一人いるだけだといい、ひどく貧乏ということだった。うわさを耳にしたウンギは三人の友人を妻の実家に行かせた。彼らが実家に行ったとき、ウンギの義父は米五十俵分の金を要求した。

ウンギは友人たちから借金をして五十俵分の金を慰謝料として払い相手側と合意して離婚をしたのだが、スンシルはその数日後の明け方、衣類を包んだ風呂敷包み一つを提げて媒酌の老婦人についてトンチョン集落の男やもめの元に行き、再婚した。その風呂敷の中には米三十俵分だけの金が入っていたといい、残り二十俵分の金は彼女の父親が自分のものにしたとのうわさが流れたが、その家ではその年の冬、二枚の田を買い入れた。

啓蒙演説

放課後、職員室で教職員会議が開かれた。徳島内のクンドンネ、トクサン、チャンサン、セトマウル、ケンマウルの五集落で巡回啓蒙演説をする課題について議論した。

金在桂の養英学校設立の目的は無知蒙昧な島民を文化的な暮らしへと教え導くことだった。その一つ目は、新学問を習って初めて良い生活ができると教えること、二つ目は、民族精神を鼓舞すること、三つ目は、地域の住民が勤勉誠実に暮らすようになること、四つ目は、農業技術、漁業技術を磨くことだった。

校長は二人の教師と一人の生徒を弁士にしようと提案した。ト・ヨンウクが言った。

「ハン・ウンギ先生とパク・チョンフェ先生が弁士を引き受けてください。二人が代わる代わる演説するようにしましょう。ハン先生は声が力強く発音がはっきりしていて説得力があるし、パク先生の演説には迫力があります」

校長が「生徒も一人選んで演説させては」と意見を出したのだが、キム・チュテが言った。

「生徒には演説ができるような賢い子はいません」

ヨンウクがウンギの顔をちらっと見てから言った。

「少し前、学校に通いたいと言って学校にやって来たクンドンネ集落の娘を弁士に起用してはどうでしょう？　その子はとても利発で言葉遣いもしっかりしているそうです」

チョンフェが異議を唱えた。

「校長先生の入学許可も受けていない子を弁士にすることはできないでしょう」

チュテが言った。

「すぐ入学させたらいいのではないですか？」

ヨンウクが校長に言った。

「校長先生が入学を許可なさったら連れていって弁士に立たせることができそうです」

チュテが言った。

「演説文をウンギ先生が書いてその娘に覚えさせ、すぐ弁士に起用しましょう。そうすれば多くの娘たちが私たちの養英学校に入ろうと思うはずです」

校長がウンギに尋ねた。

「その子は朝鮮語の読み書きができますか？」

ウンギが言った。

「教会に通って文字をすっかり覚え、算数もうまくできるそうです」

校長が言った。

「だったら入学を許可するので、呼んで演説の練習をさせ、活用することにしましょう」

ウンギは、チョモンから発散される体臭、じんと響く声、きらきらした目を思い浮かべた。彼はその日の夜、灯火の下で啓蒙演説の原稿を書いた。翌日の授業が終わったとき、ウンギはパク・ホンギに姉を連れてこさせた。ホンギはすっ飛んでいって姉のチョモンを連れてきた。

チョモンは白のチョゴリと藍色のトンチマを着、灌園蚊帳吊を編んだ白い藁沓を履いてやって来た。編んで長く垂らした髪の先に赤い紗《しゃ》の手絡《てがら》が結ばれていた。

女子生徒の弁士

松林がぎっしり生い茂ったハンジェ峠の上空は青く、日は西の空に傾いていた。ほどなく夕焼けになり夕闇が迫るころだった。クンジェ山でカッコウが鳴き、その声は向かいのハンジェ山の森の中に響きわたった。

その声がハン・ウンギの胸を揺さぶった。先生たちは皆、ハンジェ峠を越えてトクサン集落に行った。ウンギはチョモンを先に立たせて歩いた。うっそうとした松林の中に寂しい小道が続いている。


ウンギはチョモンに一週間、演説の手ほどきをした。チョモンは演説原稿を一晩のうちにすらすら言えるように暗記してきた。ウンギは生徒が皆帰宅してがらんとした教室の教卓の前に彼女を立たせて演説させた。彼は彼女に言った。

「原稿をすらすら読もうとせずに、自分をぐるりと囲んでいる壁が聴衆だと思って、一言一言に力を込めてはっきりと話しなさい。この世で自分ほどうまく演説ができる者は一人もいないと思って自信たっぷりに話すんだ。実際、おまえは生まれつき演説がひどくうまいようだ。背もすらっとして顔もかわいく、目もきらきら澄んでいて、唇は厚すぎも薄すぎもせず、声も朗々としているね」

最初、はにかんで消え入りそうな声で読み下すようにしていたチョモンは、何度か練習を重ねてからは声を高くし、くっきりした調子の言葉で演説した。ウンギは彼女に言った。

「おまえは潟漁をしに行っていると言っていたよね？　だったら砂浜に立って、寄せる波に向かってできる限り大きな声で演説をしてごらん。波を人だと思って、大声で演説するんだよ」

その指示通りにチョモンはすぐ前の海の砂浜に出て、ぱっと開けた海に向かって立ったまま演説をした。欅の木の下に立ってウンギが演説していたのを真似て、深呼吸をしてからゆっくりと一言一言を水滴が滴るように並べた。はじめのうちは潮騒が彼女の声をかき消した。彼女は大きく深呼吸し、吹いてくる潮風を鼻で吸い込み、潮騒を制圧しようと喉の限りに声を高めて演説した。二度、三度、四度、五度、さらに十回、二十回と繰り返した。演説文の最後には勉学歌があった。彼女は勉学歌を喉の限りに叫んだ。「少年老い易く学成り難し、一寸の光陰軽んずべからず……」家に戻ってからも練習を続けた。

啓蒙演説の前日に校長はウンギに言った。

「パク・チョモン君を呼んで、職員室で先生たちを相手に一度演説をさせてみましょう。そして、うまくできたら連れて回り、でなかったらやめることにしましょう。うまくできるか確かめもせずに連れていって笑いものになったらまずいし」

ウンギはチョモンを職員室に連れてきて、教師全員が座っている職員室の校長の机の前に立たせて演説をさせた。チョモンは最初のうちはもじもじしていたが、いざ演説の場に立つと、ビンビン響く声とはっきりした発音で演説した。演説を聞き終えた先生たちは皆、上出来だと褒めながら拍手した。

トクサン集落では二百人余の住民が弓庭広場に集まっていた。そのとき空は夕焼けに染まっていた。この集落出身のキム・チュテが司会を務めた。彼は副校長のト・ヨンウクを紹介し、ヨンウクは手短にあいさつを述べた。続いてチュテが女子生徒弁士のチョモンを紹介した。チョモンは壇上に進み、村の人々を見回した。どきどきしたので彼女は、ザワザワと音を立てて押し寄せる波を思い浮かべて深呼吸をした。唇を濡らし、声を高めて演説を始めた。

「親愛なるトクサン集落の大人の皆さま、そして私と同じ年ごろの男女の皆さん、社会は慌ただしく変化し発展しています。ところが私たちの周辺では、この変化と発展を感じることができずに眠っている人々があまりにも大勢います。皆さんは、寝入って夢を見ているのではないか、自らに厳しく問うてみなくてはなりません。大人の皆さま、友だちの皆さん、私たちは目を覚まさなくてはなりません。私たち青少年は目をしっかり見開いて新学問を学ばなくてはなりません。私たちは井の中の蛙《かわず》になってはいけないのです。目まぐるしく移り変わる世界の情勢を見抜いて勤勉に働かなくてはなりません。私たちの養英学校の門は常に開かれています。私たちの徳島で暮らしている少年少女、青年男女は誰でも入学して学ぶことができます。私はクンドンネ集落に住んでいるパク・チョモンですが、つい数日前に養英学校に入学しました。学校の先生は、私が女子なのにもかかわらず喜んで入学させてくださいました」

村人たちは息を殺してチョモンの演説に聞き入っていた。隣の人に低い声で「誰の娘だろう、すごく賢そうだね」とつぶやく人もいた。

チョモンは「極楽のような理想社会が空の彼方のどこかにあるのではありません。私たちの徳島に暮らす人々の皆が目を覚まして新学問を学び、勤勉に農業を営み漁獲に努めて皆が良い暮らしができるようになれば、私たちの徳島の地が必ず理想社会になるのです。大人の皆さま、そして私と同じ年ごろの皆さん、私たちの徳島を理想社会にしようではありませんか」このような言葉で演説を締めくくった。

次の日はチャンサン集落で、その翌日はクンドンネ集落で……最終日はケンマウル集落で演説した。行く先々で人々は熱烈に歓呼した。とりわけチョモンの演説に感心して注意深く耳を傾け、演説が終わるとしばらく拍手が鳴りやまなかった。

養英学校の教師たちは巡回啓蒙演説を終えた翌日に職員会議を開き、啓蒙演説会に関する評価を行った。皆がチョモンを弁士に起用したことは非常に良かったと口をそろえた。校長はチョモンを指導したウンギの苦労をたたえてから、教師たちに一つの指針を示した。

「各自が住んでいる村の十歳から十五歳までの娘に入学を勧めてみなさい。娘の生徒は月謝を払う必要はないと言って」

うわさ

冬休みが終わり、春の新学期が始まると、養英学校の生徒間で十六歳のパク・チョモンとハン・ウンギ先生に関する一つのうわさが立った。ウンギとチョモンが恋仲になったというのだ。生徒はひそひそ話を交わし、村にうわさを広げた。トクサン集落に住んでいるキム・チュテが真っ先にそのうわさを耳にして、ウンギに言った。

「ハンさん、今どんなうわさが立っているか知ってるかい?」

校長のク・カプソクもそのうわさを聞き、ウンギを追及した。

「……どうしてまた、こんなうわさが立ったのか……」

ウンギは困惑してしまった。彼の顔は蒼白だった。ウンギの顔をちらっと見たパク・チョンフェが残念そうに言った。

「チョモンはやっと一学期学校に通っただけで、巡回講演を何度かしただけなのに……」

ト・ヨンウクが情けなさそうに言った。

「どうしようもない、未開な島民たちの限界がここにあるように思われます」

黙って聞いていた校長が眉間にしわを寄せながら窓を見つめた。彼は、明日からチョモンを登校させないようにと、ヨンウクに命じた。

登校してはならないということを弟のホンギから伝え聞いたチョモンは、驚天動地の思いだった。部屋の隅に閉じこもって泣いた。どうして学校に行ってはいけないの。なぜ学校に行かずに泣いているのかと父が問うても答えず、潟漁籠を持って海に行った。海に向かってうずくまり、泣いた。カモメが彼女の頭上を旋回しながらキィキィと鳴き、沖から寄せてきた波が砂浜でバシャバシャと砕けた。干潮になり、ミズダコを捕ろうとしたが、ろくに捕れなかった。家に戻ってみると、雰囲気が冷たかった。ホンギが父に、飛び交っているうわさを伝えたのだった。父は苦々しい口調でチョモンに言った。

「まったく、なんて薄情な世の中なんだ！　おまえ、養英の方にはもう目もくれずに嫁入り支度でもしなさい」

夜遅く帰宅した母が「何度もはらはらしながらそのままにしていたけれど、そんな私が間違っていたわ」と言ってから父に「チョンアム集落の方の結婚話をすぐ承諾して式の日取りを決めましょうよ」と言った。オンドル部屋の下座の片隅で横になっていたチョモンは息を殺して寝たふりをしていた。彼女はどきっとした。チョンアム集落のある独身男性から求婚書が届いたことを知っていた。アダム先生ではない、その集落の知らない男性と結婚しなくてはいけないのかしら。

父がコホンと一つせき払いをして喉を整えてから母に言った。

「この問題はそんなにさっさと決めることではないよ。しばらく時間を置いて、あらためて考えるようにしなさい」

母は言い返さず、夜は更けていった。

岐路

その日の夜、ウンギは寝付けずに何度も寝返りを打った。祖母のチョン氏が「どうしてそんなに眠れないのかね、学校で何かあったのかい?」と尋ねた。彼は「いや、何でもないよ」と言い、体を壁の方に向けた。遠くから犬の吠え声が聞こえてきた。

ウンギは世間の人情が冷淡で、もどかしく気が急いた。彼は自分の面倒を見て導いてくれる金在桂の従妹チャンスクを知っていた。チャンスクは彼より八歳年下の十七歳だった。二軒置いた近くの家に住んでいたので彼は彼女をよく知っていた。水甕を頭に載せて山裾の小さな泉で水を汲んで運んだり、川辺で洗濯をしたりしている姿をしばしば見かけたのだった。チャンスクは、体つきは大きいが馬面な上にかわいくなかった。顔が細長くて頬骨と上まぶたが出っ張っていた。唇も厚かった。美しさ、かわいさ、魅力の点でチョモンの顔とは比較にならなかった。チョモンは背がすらりとしている上に首が長く、まぶたはやや腫れぼったいが瞳はきらきらし、唇は幾らか厚めで鼻筋がすっと通っていた。チョモンのことを思った途端、彼は不安に駆られた。チョモンの両親がうわさを耳にして、急いでどこかに嫁入りさせるのではなかろうか。

ウンギは金在桂が従妹のチャンスクと自分を結びつけようとしていることに前から気づいていた。ウンギに離婚するよう助言してくれたのも、そんな意図からのはずだった。しかしウンギは金在桂の誘惑から逃れようと心に決め、養英学校の校長ク・カプソクに気持ちを打ち明けることにした。

翌日、ウンギは校長と差しで座り、言った。

「私はト・ヨンウク、パク・チョンフェ、キム・チュテ先生のおかげで離婚できました。子どもが三歳ですが、祖母と母に任せてはおけません。早いうちに新しい嫁を迎えて子どもを育てさせなくてはいけません。校長先生、クンドンネ集落に住んでいるパク・トゥサムという方に一度会ってください。うわさになったのを機にどうしてもその娘を妻にしなくてはならないと思うのです。このうわさは天の御心かもしれません。校長先生、どうか私を助けてください」

校長が慎重に言った。

「その家の娘がしっかり者で、このところ仲人たちが列をなしているそうだが……」

気が急いたウンギが言った。

「ひとまず校長先生からパク・トゥサムさんに私の事情を伝えていただいて、校長先生の御母堂が仲人になってくださったらうまくいくと思います。その娘はとても聡明で、私はすっかり気に入りました。すでに村内にうわさが立っていますので、その娘が困ったことにならないよう私が責任を取ることが正しい道理だと考えます」

校長はしばらく考え込んでから言った。

「そのチョモンという生徒は良い娘だろうけれど、ハン君、君が再婚の上に連れ子の娘が一人いることが大きなマイナスで、それが断られる要因になりやすまいか心配だね」

ウンギは校長の両目を見つめながら挑むように言った。

「教えてみたところ、チョモンの賢さは並大抵ではありません。その娘でなかったら私は再婚なんかせず死ぬまで男やもめのままでいるつもりです。その娘と私は結ばれるべき運命的な出会いなんです。以心伝心というように、その娘も以前から私に心を寄せているかもしれません」

校長はうなずいた。この人はチョモンに心底からほれ込んだのだなと思い、口をぎゅっと閉じて二人の結婚を実現させる妙案を考えた。

ク・カプソク校長はハンジェ山中腹の書堂でウンギの父ハン・チュニルと席を並べて学んだ間柄で、チュニルより十歳年下だった。小柄なチュニルは『論語』『孟子』をすでに終え、『詩経』と『易経』を読んでおり、書堂の塾長から厚い信任も受けていた。チュニルはそのときすでに塾長よりも多くの書物を読んで文理に精通しており、謙虚で穏やかで善良だった。

生徒は、塾長から教わった文意の解釈を忘れたり疑問点があったりすると、チュニルに尋ねた。チュニルは弟にするように親切に教えてやった。文章を書くのがうまいので塾長はチュニルに「君がソクトンの代わりに文章を書いてやりなさい」と命じもした。ク・カプソクもよく理解できない場面についてチュニルにしばしば尋ね、文章を書いてもらったりもした。ウンギも、父チュニルに似て善良で賢いのだと思った。校長のク・カプソクがきっぱりと言った。

「ハン君、かえって良かったかもしれないね。うわさってものは民心の一端でもあり、それは天の意志なんだよ。君と恋仲になったというううわさが立ったのだったら、チョモンという生徒はひとまず手垢が付いたわけで、よそに嫁入りしにくくなったね。ハン君はもう妻帯者じゃなくてすでに離婚した男やめなんだし、学校の先生皆が力を合わせて君とチョモンの結婚を後押ししなくてはいけないね」

ウンギは顔が火照って胸が高鳴り、喜びでめまいがした。ト・ヨンウクが入ってきて、話を聞いて言った。

「『詩経』に、窈窕淑女《ようちょうしゅくじょ》（容姿が美しく慎み深い女性）は君子の良き伴侶である、とあります」

校長がウンギに言った。

「名文家で名筆家の父親がいらっしゃる。求婚書を書いてもらうのにお金を掛けなくてもいいね。うわさ話がこれ以上広がらないうちに早く求婚してしまいなさい。媒酌は私の母に任せましょう。話がまとまったら、私の母が長生きするように足袋を一足と絹の服一着を作って贈り物にしてくれたらいいので」

求婚

初夏のうららかな日だった。ウンギは門前市が立つ日の午前の授業を終えるとすぐにケンマウル集落のイムシル沿岸を経て岬に向かい、干潮時に海面より上に現れる海の中道を十里、歩いていった。高興《コフン》半島（全羅南道東南部の順天湾と宝城湾の間にあり、南海岸に突出したダイヤモンド形の半島）の方から南風《はえ》が吹いてきた。海の中道は巨大な雨竜《あまりょう》（中国の想像上の動物。竜の一種）のように身をくねらせながら天冠山の裾にあるサムサン集落に向かい干潟をはって延びていた。紫色の雄大な天冠山が北の空をさえぎっていた。

天冠山はあちこちに寺が多かった。門前市という言葉は〈寺の市場〉という意味だった。ウンギは門前市の文房具屋で画仙紙を十枚、細字・中字・太字の筆を三本、上質の墨を一個買った。ウンギは郷里を離れて生活している父に無関心なまま暮らしてきたことを済まなく思った。書堂の生徒にあげるマクワウリ二十個と、棒状の餅を竹の器で一杯分買った。

オクタン里《り》に着くと集落の裏山の裾に四間柱間の藁屋根の書堂があった。書堂の前に小川が流れており、水の音が生徒の書物を読む声と和していた。生徒は十五人ほどで、木の下や縁側に座り書物を読んでいた。小柄な父は、学者がよく使う黒い帽子、儒冠を被って書堂のオンドル部屋の上座に座り、本を読んでいた。白のパジチョゴリがじめじめと汚れていた。家に長く戻っていないので、服がすっかり汚れているのだった。

ウンギは部屋に入ると、父チュニルはびっくりして壁にもたれていた上体を真っすぐにした。ウンギは部屋に入って体を曲げ、深々と頭を下げてあいさつした。

「えっ、おまえ、どうしたんだ？　家で何かあったのか？」

チュニルは不安そうに目を見開いてウンギの顔を見つめた。彼は心細く哀れに見えた。ウンギはすぐ口を開いた。

「何か問題があったのではなくて、ぼくの求婚書を書いてもらいに来ました」

父はけげんそうに息子の目を見つめた。息子は済まなそうな様子で、先の冬にスンシルときっぱり協議離婚したことを告げた。父はうなずいた。

「真っ先にお父さんと相談してから決めなくてはならなかったのに、近くにいらっしゃらないことをいいことに、お祖父さんとお祖母さん、お母さんの許可だけをもらって後処理を全部済ませました。どうかお許しください」

父は疎外感をどうしようもないまま、わびしげなまなざしで床に広げた本に目をやりながら「その人との離婚は、はっきりとけじめをつけたということかい？」と尋ねた。ウンギは深くうなだれて言った。

「先方に心残りがないようにしました。そして、離婚するとすぐにその人はトンチョン地区に良い縁があって再婚したんです」

父が「だったら、新しく迎える相手はどこに住んでいる誰の娘なんだ？　後妻になる上に連れ子の幼い娘がいるっていうのに、先方は嫌がらずに承諾するかな？」と言った。

「クンドンネ集落のパク・トゥサムさんの次女で、ク・カプソク先生のご母堂が媒酌を引き受けるとおっしゃいました」

父は「ク・カプソクのご母堂が？……それはありがたいことだな」と言ってからしばらく間を置き、壁の方を見やりながら多少ぶっきらぼうに、あれこれまとめて尋ねた。

「娘はいくつで、どんな顔立ちだ？　体は大きくて顔はきれいか？　女は何と言っても賢くてしっかり者じゃなくちゃならんが？　愚鈍な者は犬や牛より始末が悪いからな」

ウンギはチョモンについて詳しく説明してから言った。

「私の求婚が受け入れられたら、来年の早春に結婚式を挙げるつもりです」

父はうなずきながら言った。

「どうやらおまえがその娘を気に入ったようだな」

ウンギが言った。

「娘が一人いる身には、もったいないような相手です」

父は、ひげが生え始めた背の高い生徒を呼び、餅とマクワウリを渡しながら皆で食べるように言った。自分で黙々と長い間、墨を磨った。大きなまな板ほどの黒い硯《すずり》でぐるぐる円を描くようにして。ウンギが「ぼくがしますよ」と言って墨を受け取った。

チュニルが息子にしてやれるのは、ただ求婚書を書くことだけだった。墨を程よく磨り終えると、筆を手に取り画仙紙に書いた。チュニルの折り目正しい行書体の字は、力強さがありながら整っていて美しかった。彼の純粋で誠実な人柄のように、字は堅固であると同時に端正で雅趣に富んでいた。

求婚書を受け取ったウンギは、うれしくて足が地に着かないようだった。空を飛ぶように走って徳島に渡り、すぐさまクンドンネ集落のク・カプソク校長宅に行った。夜中だった。ウンギは求婚書を校長の手に握らせて、セトマウル集落の家に向かった。夜空には青、黄、赤色の星が瞬き、海からは風に乗って潮騒が聞こえてきた。彼の足音を聞きつけて集落の犬が吠えた。

チョモンの父

チョモンの父パク・トゥサムは、同時に舞い込んだ二人からの求婚書を前にして考えあぐねた。一人はチョンアム集落のイ・チャンソクの長男キホで、もう一人はセトマウル集落のハン・チュニルの息子ウンギだった。

チャンソクの方は双子を含めて息子ばかり八人といい、チュニルの子どもは四人きょうだいということだった。チャンソクの息子は娘のチョモンより二つ年上の独身青年で、チュニルの息子ウンギはチョモンより九つ年上なのに加えて一度離婚しており、三歳になる娘がいて、農漁業をする傍ら養英学校の教職に就いていた。彼は、ウンギとチョモンが恋仲になったといううわさが村内に広まっている事実が気になった。チョモンにせがまれて養英学校に行かせたことから、このうわさが流布したのだった。うわさを鎮めて覆い隠す方策はなかった。今になって娘を学校に通わせたことを後悔したところで、何にもならないではないか。

彼の妻ヨンヨプは、幼い娘がいる人の後妻になる上に小姑が二人もいる家に娘を嫁入りさせるわけにはいかないと、そっぽを向いた。養英学校の校長ク・カプソクの母親が持ってきたウンギの求婚書を突き返そうと口出しした。

「うわさは日がたてば鎮まるものだよ」

トゥサムの考えは、妻とは違った。チョンアム集落のチャンソクの息子よりチュニルの息子ウンギの方に心が動いた。

彼が知っているチョンアム集落のチャンソクは、大徳面で名の通ったシルムの力士で、各地の市場で賭け事をして回る賭博者でもあり、虎のように荒々しい性格で村の人々を振り回し、集落内の公的なことに一人で何だかだと口出しをするということだった。もしも誰かが彼の主張に反対すれば拳で殴ったり地べたに投げつけたりするらしかった。大徳市場にいる愛人との間にも二人の息子がいることが知られていた。牛市場でブローカー稼業をしている上に、田畑も収穫が四十斗を超すだけの広さがあった。息子たちも父親に似て気が強く荒っぽいといううわさが立っていた。多くの財産を持って暮らしていても、気性があまりに強く荒っぽくて人心を得られなければ、世の中が揺れ動いたり変わったりする際には大きな災難を被るのが常だとトゥサムは考えた。もしチャンソクの息子とチョモンを結婚させたら、先方はおのずとチョモンがウンギと恋仲になったといううわさを耳にするはずで、そのために嫁ぎ先での暮らしが破綻してしまうかもしれないと思ったのだった。わが家の一等賞である娘が夫に疎まれて冷たくされるのを、見てはいられないではないか。

トゥサムの心はウンギに傾いた。ゆうべ呑み屋で、ク・カプソク校長と差しで呑んだのだが、校長はウンギがしっかりした人物だと、口を極めて褒めちぎった。

「小柄だが、がっしりした体格でね。友人や生徒の心をしっかりつかむこつをわきまえている。養英学校からの給料を全部貯めて慰謝料として前妻に渡し、きれいに離婚の始末をして後腐れがないようにしているから心配はご無用。前妻はすでに同じ村内の男やもめと再婚したし。三歳の娘は、彼の姉妹、母親、祖母がちゃんと育てることだし……ウンギは今後、養英学校の給料を貯金して土地も買う……いずれにしても新婦としっかり暮らすはず。こんなに良い結婚話なんだから、逃さないように」

呑み屋を出て別れ際にク・カプソクが言った。

「君の娘とウンギが互いに好き合っているといううわさも立っているじゃないか、うわさというものは世の中の人心だし、人心は天の御心なんだよ。二人の縁は天が確固と定めたものだ。君の娘が養英学校に通いたいと言ってやって来て、ウンギが君の娘を連れてきて入学問題について話したようだが、そのときにおそらく互いに引かれ合ったようだ。巡回啓蒙演説をして回る際にも、二人並んで歩いている姿がそばで見ていても好ましかったよ」

トゥサムは妻のヨンヨプに言った。

「俺はチョンアム集落のチャンソクの息子キホよりも、セトマウル集落のウンギの方がいいよ。チョモンもウンギが好きなようだしね」

ヨンヨプがすぐ言い返した。

「まだおぼこ娘なのに、ウンギが好きだなんて濡れ衣を着せるつもりなの?」

トゥサムが言った。

「村の弓庭広場に演説をしに来たとき、ウンギの演説が並大抵じゃなかったよな。そのときにチョモンがウンギを見初めたのかもしれんぞ。俺はウンギが婿にぴったりだと思うよ。あした、カプソクの母親に承諾の返事をしなさい」

トゥサムはチョンアム集落の青年キホに未練があるヨンヨプに言った。

「あのチョンアムの青年は家庭が良くないよ、彼の父親チャンソク、あの人物は普通じゃないぞ。チョンアム集落で人心をなくして暮らしているらしい。昔から、人は人心を失って暮らしては駄目だと言うじゃないか。人心は天心だとね。東学党の乱のときも、人心をなくした金持ちたちは皆、殴り殺されたんだ」

婚礼

チョモンの家から、求婚への承諾を兼ねた挙式の日取り決めをウンギの家に送った日の夜、チョモンは虹の夢を見た。彼女は、空に懸かった五色の虹に乗って嫁入りをした。伝統に則って両頬に丸く紅を塗り、花冠を被り、礼服をまとい、襟や袖などに色とりどりの布飾りを施した三回装チョゴリと真紅のチマに身を包んでふわりふわりと飛んでいった。

ウンギとチョモンの結婚は、チョモンが十七になる年の早春に一瀉千里《いっしゃせんり》に進んだ。

結婚式の日取りが決まるとウンギの祖母チョン氏は大急ぎで、寝具を作る綿花を三百斤と木綿の布を五疋《ひき》、絹織物三疋、日光模様と月光模様の絹織物を各二疋、亢羅《ハンナ》織りの布二疋と麻布二疋、二かます分の米と一かます分の麦をチョモンの家に届けた。

それ以降、チョモンは潟漁をしに海へ出るのをやめ、母の教えに従って花嫁修業を始めた。

チョモンの母ヨンヨプは、娘を送り出すために掛け布団用の布地を染めて裁断し、新婦の服を作った。彼女は針仕事の腕前が繊細でしっかりしていた。下着、内衣、内チマ、裾を少し上げて行動的にしたチャラクチマ、内チョゴリ、重ね着する場合の外チョゴリと、普段着用のトンチマ、作業着、夏に着る麻布のチョゴリ、からむし織りのチョゴリ、チマ、下着、真冬に着る綿入れのズボン、刺し縫いのチョゴリなどを整えた。赤ん坊が生まれたら使うおくるみとおむつまで、もれなく作りそろえた。衣類を全て作り終えた後は、新郎新婦用の掛け布団と敷布団、夫の祖父母用と舅姑用の布団類、そして夫のきょうだい用のチマチョゴリとパジチョゴリと足袋、三歳になる連れ子の娘用のチマチョゴリと足袋も作った。

教職員らは結婚式場を養英学校の校庭に用意した。校門から式場まで二枚の木綿布を敷き、式場の内側にはマホガニー色のオルガンを置いた。ト・ヨンウクがオルガンの前に座り、祝いの曲を演奏した。新郎の家族は式場の右側に、新婦の家族は左側に並んで座っていた。親戚と、新郎と新婦が住んでいるセトマウル、クンドンネの両集落から祝賀客が雲集し、生徒がその周囲を取り巻いた。旧式の結婚式ばかり見てきた彼らは、ウンギとチョモンの新式の結婚式が物珍しかったのだった。徳島内では、オルガンを弾きながら行う新しい結婚式は初めてだった。

新郎の付き添いはキム・チュテ、新婦の付き添いはヨンウクの妻で、司会はパク・チョンフェ、仲人は金在桂《キムジェゲ》だった。新郎の両親は右側の椅子に、新婦の両親は左側の椅子に座った。オルガンの旋律が流れるなか、校門から二人の花童《はなわらべ》が赤い椿の花びらを振りまきながら先頭を切って入場し、新郎新婦はその後から並んで入ってきた。新郎は藍色の大礼服に紗帽冠帯をし、新婦は絹織物の服に礼服を着て花冠を被っていた。

新郎ウンギと新婦チョモンは仲人の前に並んで立った。チョモンは胸がどきどきし、目まいがした。足が地に着かず、虹に乗って宙に浮いているようで、夢見心地だった。

仲人が媒酌の辞を述べた。

「今日、朝鮮の地にある若者には、わが領土と民族のために なすべき非常に多くのことがあります……」

婚家への道行き

新婦の家で初夜を過ごした翌朝、新婦チョモンは礼服に花冠を被り、椿の花で飾られた輿《こし》に乗った。輿はセトマウル集落の新郎の家に向かった。白いトゥルマギを着た新郎が先頭に立ち、輿を先導しながら進んだ。輿の後ろには新婦側の上客と新郎の友人代表キム・チュテ、パク・チョンフェ、ト・ヨンウクが従っていた。集落から一番長い細道の末に新郎の家があった。

ところが、新婦の輿が細道を上っているとき、薄灰色のチマチョゴリを着た中年の女が出し抜けに現れて輿の行く手を妨げながら荒々しく叫んだ。

「皆の衆、聞いてくれ！　養英学校の教師ハン・ウンギってやつは、三歳の娘がいる病気一つない元気な若い嫁を捨てて、ひよっこのような小娘のチョモンと恋仲になってから嫁に迎えているそうじゃないか！」

こんなこともあろうかと予期でもしていたかのように、輿の後についていた新郎の友人らが駆けつけて、叫んでいる女を取り囲んだ。女は素早く彼らを避けながら、新郎ウンギの胸座をぐいっとつかんでののしった。

「こいつめ、本妻を虐待しておいて、のうのうと暮らそうってのかい?」

その女は、前妻の実母だった。新郎の友人らは、新郎から女を引き離して連れていった。女は両足を踏ん張って抗いながら新郎の友人らに連れていかれた。そのとき、一人の中年の男がある家の柴戸から現れて、新郎と輿に向かって悪態をついた。

「何一つ欠点のない本妻を捨てたウンギの野郎、おまえの家は天の火に焼かれちまうぞ」

彼は前妻の実のおじだった。ハン氏の家族の青年たちが中年男の腕をつかんで家の柴戸の中に押し込み、その間に新婦の輿は新郎の家に向かって進んだ。新婦チョモンは輿の中でその男の声を聞き、身震いした。

大姑チョン氏

新婦チョモンはオンドル部屋の焚き口に近い上座に並んで座ったウンギの祖父母に、両手を額に当てて膝を折り、体を伏せて深々とお辞儀をした。ウンギの小柄な祖母チョン氏はお辞儀をし終えたチョモンに膝歩きで近づいた。白くなった髪をきれいにくしけずり、顔に小じわと黒味がかった赤紫色の染みが多いチョン氏だった。チョン氏は目を細く開けてチョモンの両目をまじまじとのぞき込み、両耳と額、首筋、鼻、鼻溝、口の形を吟味した。孫への思いをあふれさせながら言った。

「そうだよ! おまえさんみたいに何もかもそろった嫁に出会いたいばっかりに、熱い血がぐらぐら沸いているうちのウンギはぴったり十年間、年寄り臭いこの私と一緒に部屋の片隅で寝ていたみたいだよ!」

チョン氏は流れる涙を手の甲で拭い、チョモンの両手を一つに合わせて握ってもんだり揺すったりした。片手でチョモンの頬をなでてから両手を引いて、チョモンの上半身を両腕に抱き寄せた。チョモンは胸が熱くなって涙ぐんだ。チョン氏は続けて言った。

「私は、日ごと夜ごと観音様にひたすらお祈りしていたんだよ。ちょうどおまえさんみたいな八頭身の娘を、目がきらきら澄んでいて、鼻筋がすっと高くて賢い孫嫁をお授けくださいって……夢の中でも観音様に祈っていたんだよ。あぁ、わが娘や! 私の孫嫁や! 私はもういつ死んでも悔いはないよ。おまえさんがわがハン家をぐっと高く興しておくれ。きっと、おまえさんみたいに八頭身の息子や娘をずらっと産んでおくれ」

チョン氏が長い間チョモンを抱いていると、ウンギの祖父が「さぁ、そろそろ舅と姑にもあいさつさせて、きょうだいにも対面させなきゃ。おまえさんはもう、それくらいにしなさい。待ち焦がれていた孫嫁への愛情はこれから毎日ゆっくりと、いくらでも注ぐことにして」と言った。

チョン氏は、チョモンの背中を何度もポンポンとたたいてから抱擁を解き、チョモンは体を起こして横に座っている舅と姑にお辞儀をした。舅も姑も小柄で、姑は顔が青白かった。二人は黙ってあいさつを受けた。チョモンは、裏庭の垣の内側にある壁を背にして座っている小柄な二人の小姑と、一人の小舅にもお辞儀をした。上の小姑は十六歳で下の小姑は四歳、小舅は十歳だった。小柄な彼らは皆、チョモンと向き合ってお辞儀をした。縁側に立っていた女性が、抱いていた幼子を大姑チョン氏の前に下ろした。チョン氏がその幼子を抱いてチョモンに言った。

「この子は、あいさつ代わりに一度抱いてやりなさい。おまえさんが育てて嫁にやる子で、ピョンドクという名前だよ」

姑がその子を抱いてきて、チョモンに渡した。チョモンは、胸に抱いた子の顔をのぞき込んだ。その子は黄色いチョゴリと真紅のチマを着せられていて、平たい顔立ちだった。私はこの子の継母《けいぼ》になるのね、そう思うと、顔が熱くなり胸が高鳴った。

チョモンは幼いころ、前妻が産んだ子に意地悪で残酷な継母に関する物語を、たくさん聞いたことがある。人が見ている所ではかわいいと言って頭をなでるが、誰も見ていない所ではその継子《けいし》の肌をつねったりするよこしまで意地悪な継母の話も聞き、真冬に自分の子には綿をたっぷり入れて作った服を着せるのに、継子には、ばさばさした茅萱《ちがや》の白い花を入れて作った寒々しい服を着せた継母の話も聞いた。自分の子には米のご飯を食べさせるのに継子には砂粒が交じった麦飯ばかり食べさせ、瘦せこけて死なせた継母の話も聞いた。王様が意地悪な継母を火葬してその骨を石臼でひくと、その粉が蚊や目に見えるかどうかの小さな吸血昆虫になったという話も聞いた。ところが今、彼女自身がやむなく継母役をすることになったのだった。

ピョンドクを抱きながらチョモンは思った。私はおまえを継子だと見下したりせずに、実の子のようにかわいがって育ててお嫁にやるからね。体の内からかっと熱いものがこみ上げた。子どもの胸に顔を埋めた。それまで不安そうにチョモンの顔をうかがっていた幼子が、上体を反らし両足を伸ばして人見知りの動作をした。

天の火

　世の中がぐっすり寝入っている真冬の夜中だった。この日の夜は風がなかったので前の海から潮騒は聞こえてこず、ハンジェ山の渓谷のキツネも鳴かなかった。その夜の静寂を裂いて、「火事だ！」という切羽詰まった男の声が聞こえた。厠に行ったウンギの祖父が煙たいにおいを嗅いできょろきょろ見回し、客部屋棟南側の屋根の中央でちょろちょろと燃えている火を見つけ、叫んだのだった。

「火が出た、火事だ！」

　ウンギが新婚生活をしていた台所の脇部屋から寝間着姿で駆けつけ、チョモンも後について出てきた。隣家のピョンスとヨンマンも駆けつけた。ウンギは梯子《はしご》を屋根に掛けて「水！」と叫んだ。チョモンが水甕を持って泉に走っていき、水を汲んだ。ウンギが水甕を受け取り、柄杓《ひしゃく》で水をすくって火に振り掛けた。幸いにも火は屋根の中から燃え上がっているのではなく、藁屋根の表面が燃えているだけだった。

　ピョンスが筵を一枚持ってきてウンギに渡し、祖父が「その筵で火を覆うんだ！」と叫んだ。ウンギは筵を火の上に広げて覆った。チョモンが再び水甕に水を汲んできて、ヨンマンが水甕をウンギに上げた。ウンギは筵で覆いきれなかった火に水を振り注いだ。泉の水がなくなるとチョモンは堤の水を汲んできて、ウンギはその水を何度も筵の上にまき、ようやく火を消し止めた。


　火がなぜ軒下から起きて屋根に燃え広がらずに、屋根の表面で最初に燃えたのだろうか。普通、火が出るとしたら厠の灰から出て屋根裏から屋根に燃え広がったり、でなければ台所の焚き口横の薪束に火が付いて天井に移り、屋根に燃え広がったりするはずだった。ところがその日の夜の火は、屋根の表面だけを焼いて消えたのだった。

火が完全に消えたことを確かめたピョンスとヨンマンが、自分の家に戻った。家族は胸をなでおろしながら、それぞれ自分の部屋に入った。大姑チョン氏はぶるぶる震えながら南無阿弥陀仏観世音菩薩と何度も唱え、姑キム氏は青ざめたままよろめいて部屋に入るやいなやぱたっと横になってしまった。姑は病弱だった。普段からよく目まいがし、驚くような出来事に遭ったりするとしばしば発作を起こした。チョモンは姑キム氏の足をもんであげた。

ウンギの祖父は部屋に戻りながら「これは、実に奇妙なことだ」とつぶやいた。ウンギは縁側に腰を下ろして夜空を見上げた。星が瞬いていた。彼は、誰かが火を付けたものと考え、〈天の火〉という言葉を思い浮かべた。チョモンも天の火という言葉を思った。心当たりのある人物があった。ケンマウル集落の海岸近くに住んでいるキム・タルマンだった。彼は、前妻スンシルのおじ。タルマンはチョモンが輿に乗って嫁入りした日、輿の前に立ちはだかって「おまえの家は天の火に焼かれちまうぞ」と叫んだ、その男だった。

門の前の路地で足音がし、下の路地に住んでいるウンギの父の従兄弟、ハン・チェグンが庭に入ってきた。

「おぉ、甥っ子のウンギよ、火を早く消し止めてほんとによかったなぁ」

チェグンは祖父の部屋の入口に行き、「あぁ、おじさん、おばさん、本当にびっくりしたでしょう?甥っ子ウンギの運がしっかりしていたから、ひどい火事にならずに済みましたねぇ」と言った。祖父が部屋の戸を開けて「甥っ子のチェグンが来たのかい。全く怪しい火事だったよ。人様に対して恥ずかしいことだ」と言った。チェグンは「風が冷たいですよ」と言いながら祖父の部屋の戸を閉め、ウンギに向かって言った。

「甥っ子や、びっくりしただろう？　誰かが路地をタタタタと駆け下りていった少し後に路地の上の方から『火事だ』という声が聞こえたものだから、走ってきたんだよ」

ウンギはそれを聞いた瞬間、放火したのはスンシルのおじタルマンだと確信した。屋根に火が付いたのを確かめたタルマンは、足音を忍ばせることもできないままケンマウル集落の方に逃げていったに違いないと思った。姑の足をもんでいるチョモンも同じことを思った。チョモンは、ひどくどきどきした。

明るくなってからウンギは、火が出た客部屋棟の屋根を注意深く調べた。屋根の横には高い柚《ゆず》の老木が立っていた。祖父はこの柚の木を家にとって大切なものだと思っていた。その木が屋根の方に傾いており、葉がよく屋根に落ちていた。この木が屋根を傷めるから切ってしまいましょうと祖父に言ったが、彼は駄目だと言った。

ウンギは柚の木の枝を調べていて、見慣れないものを一つ見つけた。白っぽい紐で結んだ石と白い袋だった。梯子を持ってきて柚の木にもたせ掛け、上って近い所からそれを調べた。それは海辺でよく見かける、角が擦り減って丸っこくなった薩摩芋状のやや細長い石だった。白い袋の中には浅黒い粉が入っていた。炭粉だった。ウンギはそれをそのままにしておいて、庭に下りた。梯子を屋根にもたせ掛けたまま、夜中に火を消し止める際に屋根の上に覆っていた筵を引っ張り下ろした。筵の下にあった丸っこい一個の石が転がり落ちた。チョモンが、その石を拾い上げた。

チョモンからその石を受け取ったウンギは、タルマンをどのようにとっちめてやろうか、と考えた。警察に告訴しようか。柚の木の枝に掛かっている石と炭粉が入った白い袋を見たら警察は、海辺に住んでいる人物が犯人だということにすぐ気づくはずだ。ウンギは石を持って祖父の部屋に入り、言った。

「お祖父さん、火を付けた犯人は、スンシルの叔父タルマンのようです。どうしましょうか。警察に訴えたらすぐ捕まって厳しく追及され、自白するでしょう。証拠がはっきりしていますからね。それに、夜中にうちの家で火が出たときに路地の下の方に走っていった者がいたと、チェグンおじさんが言いましたが、新婦の輿が村内に入ったとき輿の前に立ちはだかって、天の火に焼かれるぞ、と叫んだのがその人物です」

そのとき、戸の外で話を聞いていたチョモンが入ってきて、膝を折って座りながらぬかずいて言った。彼女の声は涙混じりだった。

「お祖父様、幼いくせに余計な口出しをするなとお叱りにならず、私が申し上げることをくみとってください。前妻の実家の人たちと関係があることです。事が大きくなったら不倶戴天《ふぐたいてん》の敵になります。そうなったらこれから先、さらにどんな出来事があるかしれません。ぜひとも穏便に済ませてくださいますように」

祖父はうなずきながらチョモンに言った。

「おぉ、よくわかった。さぁ、おまえはもう下がっていなさい」

チョモンは、大人が判断なさることに出しゃばってしまったことをどうかお許しくださいと涙を拭いながら謝り、戸を開けて部屋を出た。チョモンが出ていった後、祖父はウンギに言った。

「孫嫁の言ったことが全く正しい。日本の巡査らに知らせて懲らしめることは絶対にしてはならん。事が大きくなったら恥ずかしい限りで、人心をなくすことになる。大きな火事になって家が全焼してしまわなかっただけでも幸いなことだ」

ウンギは、告訴するまい、穏便に済まそうと言う祖父の主張とチョモンの口出しが不満だった。

「穏便に済ませたらあっちの人らがこっちを見くびって、これから先またどんな迷惑な振る舞いを仕出かすかわかりません」

祖父が声を低めて言った。

「この火事は、おまえが離婚したことと関係がある。この村内にキム氏がどれだけ多いことか、キム氏を刺激しないでおこう。それに、わしは日本の巡査らを呼びたくはない。タルマンが巡査らに引っ張られてひどい侮辱を受けるのも嫌だし……このことでおまえがキム氏の家の人々の人心を失うことも嫌だ。わしに任せておきなさい。わしが出向いて行って懲らしめてやるから、おまえは知らないふりをして、わしがすることをただ見ていなさい……うわさが立たないように、静かにしていよう」


翌日、朝からウンギの祖父は下の集落の海辺に暮らすタルマンの家に行った。彼の家は前山の裾の端から西南の方を向いていて、その前には石が敷かれた地面と海が広がっていた。

背が長竿のように高いタルマンはウンギの祖父の顔を直視できず、そわそわして居ても立ってもいられないようだった。祖父は手に握っていた、黒っぽくなった一個の石を彼の前に差し出して言った。

「これが何かわかるかい、わが家の柚の木に、こんな形の別の石が一個、糸に結ばれたまま引っかかっているよ。その別の片方には白い袋があって、その中には炭粉が入っているんだよ」

タルマンは、こわばって真っ青になった顔を左にそむけ、ぶっきらぼうに言った。

「それがどうしたって言うんだね?」

祖父は低い声で言った。

「日本の巡査らに告訴したらおまえさんは、こん棒でひどく殴られて放火犯としてしょっぴかれ、監獄の臭い飯を食うことになるんだよ。わしが今日、会鎮の駐在所に行って告訴するか、それともわしに正直に打ち明けて許しを請うか、二つのうち一つを選んでさっさと答えるんだ。もし、私が悪うございましたと許しを請えば穏便に済ませてやるが、でなかったらこの足で会鎮の駐在所に行って告訴する。うちの孫嫁の輿がわが家への路地を上がっていくときにおまえさんが言った言葉、〈おまえの家は天の火に焼かれちまうぞ〉というせりふを聞いたのは一人や二人じゃないからな。巡査らが柚の木に掛かっているそれを見たら、たちまちおまえを犯人として引っ張っていくことに……」

真っ青に血の気が引いたタルマンが祖父の前にひざまずいて額を地面にくっつけ、「あぁ、旦那様、この愚か者が考えもないまま大変な罪を仕出かしてしまいました」と言いながら、両手を何度も擦り合わせて許しを請うた。祖父はしばらくタルマンを見つめてから言った。

「これでもわしたちは、いっときは姻戚の間柄だったじゃないか。そんな仲なのに、どうしておまえさんが日本の巡査らにしょっぴかれてこん棒たたきに遭い、監獄の臭い飯を食うのを見ていられようか。だからわしがこのようにやって来たのだということを、しっかりわかっておくれ。うちのウンギがスンシルに惜しみなく慰謝料を渡して協議離婚をし、スンシルも再婚してよく暮らしているし、うちのウンギも今はちゃんと暮らしている……だから、これから先はお互い憎み合わずに、穏やかに暮らそうじゃないか」

安物の膳

台所の壁の食器棚には、黒い漆塗りの安物の膳が一つあり、その横には雑な粉青沙器《ふんせいさき》のご飯茶碗が二個と汁碗二個、おかず用の皿四枚、そして二本のさじと二膳の箸が置かれていた。それは普段、家族は使わず、時々使う日雇いの人たち用でもなかった。

台所仕事に慣れ始めたチョモンは、その膳が気になったものの誰に尋ねていいかわからずにいたのだが、ある初夏の朝、その気掛かりが解けた。家族の皆が朝ご飯を食べているとき、じめじめして汚いよれよれの服で片方の足を引きずり、ぼさぼさ髪の若い男が杖を突きながら、昇る朝日を背にして門から入ってきた。彼は、ご飯をもらう古い瓢《ひさご》を手にしていた。

居間の縁側でご飯を食べていた大姑のチョン氏は、彼を見るとすぐに「こっちにいらっしゃい。さぞかしおなかが空いただろうね」と言ってから、台所にいるチョモンに言った。

「嫁御や、あの人を客部屋棟の縁側に来させて、食膳を用意しておあげ。食器棚にある膳に心をこめてきれいに用意なさい。食器棚の横にご飯茶碗と汁碗があるだろ？　それを下ろして使うんだよ」

チョモンは、その粗末な身なりの男を客部屋棟の縁側に案内した。彼は杖を柱に立て掛け、縁側に上がって座った。チョモンは台所に入り、食器棚の膳、ご飯茶碗、汁碗などを下ろし、それらを使って食膳を整えた。ご飯が足りなかったので、チョモンは自分が食べていたご飯をすくって碗に盛った。食膳を持って客部屋棟の縁側に置くと、汚い身なりの男はがつがつとかき込んだ。汁の一口、ご飯の一粒、キムチやカクテギの一切れも残さず、きれいに平らげた。

この日の朝、チョモンは釜の底に若干残っていたおこげをこそげて、やっと少し食べただけだった。チョモンがおこげ湯を作って持っていくと、男は杖を突いてよろめきながら門の方に出ていこうとしていた。安物の膳を持って台所に戻ると、大姑が尋ねた。

「あの男、おこげ湯なんかも全部食べていったかい？」

チョモンが「おこげ湯を持っていったら、もう門の方に出てしまったんですよ」と答えると、チョン氏はちょうど食事を終えたひげ面の作男に「マンソク、おまえが早く行ってあの男を連れておいで」と言った。

マンソクが路地に走っていき、薄汚れた服装の男を連れてきた。彼は大きな間違いでも仕出かしたかのように、おろおろとマンソクの後ろについてきた。チョン氏が彼に「あんた、ご飯を食べたら、おこげ湯を飲んでいかなきゃ」と言い、チョモンに「早くおこげ湯を持ってきておあげ」と命じた。おこげ湯を飲み終えた彼は、チョン氏に向かって何度もぺこぺことお辞儀をして門から出ていった。チョン氏が彼の後ろから声を掛けた。「ご飯をもらう所がなかったら、いつでもおいで」と言って、胸が痛むようにチッチッと舌を鳴らした。それからチョモンに言った。

「膳とご飯茶碗、汁碗をきれいに洗ってから食器棚に戻しておきなさい」

チョン氏は物乞いにやって来た人を決して乞食と言いはしなかった。彼らが来たときはいつも、彼らが持っている瓢にご飯を盛ってやる代わりに、食器棚にある膳とご飯茶碗、汁碗を使わせるのだった。

天冠寺

初秋のある早い朝、大姑のチョン氏は、天冠寺のお釈迦様に孫嫁チョモンを会わせるために出掛けた。白地の服を着たチョン氏は孫嫁チョモンを先に立たせた。真紅のチマに黄のチョゴリを着たチョモンは、お布施の米五升を袋に入れて頭に載せ、昼食時に食べる海苔巻きご飯のキムパプ二本を小さな竹の器に包んで持っていた。

姑のキム氏は目を伏せて台所に入った。キム氏は、鑑賞用植物を育てるように孫嫁のチョモンを大切にしてかばうチョン氏を嫌い、チョン氏に優しく誠意を尽くすチョモンに冷たく当たった。キム氏はチョン氏が好む寺を憎み、教会も疎んじていたが、お布施の米をすくっておいて座ったまま天道教の祈りの言葉を唱えることだけは黙々と実践した。息子ウンギのためを思ってのことだった。チョモンは、キム氏に従って天道教の神様を受け入れるほかなかった。

チョモンは、普段は謹厳ながら性格が細やかで多情多感なチョン氏と、頑固で冷たいキム氏の間で身の処し方に気を使っていた。大姑から吹いてくる温かい風と姑から吹いてくる冷たい風は、チョモンのところでぶつかり合い、そのたびにチョモンの肌には微細な鳥肌が立った。

キム氏は、チョン氏とチョモンの間で疎外されていることが寂しく悲しかった。嫁チョモンと息子ウンギが静かにひそひそ話をするのも、キム氏は嫌がった。キム氏は、謹厳なチョン氏の前ではいつも猫ににらまれたネズミのように体を縮めながら控えめにしていたが、チョモンには厳しかった。

放火したキム・タルマンを懲らしめる問題についてウンギが祖父と話し合っている部屋にチョモンが入り、涙ぐみながら意見を言った日の夕方、姑キム氏は台所で冷厳に畳みかけた。

「こいつ、れっきとした大人が向き合って重大な話し合いをしている場に、まだ乳臭さもろくに取れていない紅色のチマを着た小娘のくせに、つかつかと戸を開けて中に入り軽々しく口出しをするなんて、一体どういうことなんだい？　あんた、どこでこんなそそっかしい癖を身に付けたんだ？」

その途端、チョモンはキム氏の前に膝を折って座り、ぬかずいた。

「おまえ、ちょっとばかり何かを習ったからといって、小鳥がピーチクさえずるみたいに出しゃばるのかい？　あんた、これからもこんなそそっかしいことをするつもりかい？」

低い声だったが、その言葉には鋭いとげがあった。チョモンは、これからは決してこんな間違いはしませんと謝った。以降、チョモンはキム氏を一層恐れるようになり、言動も慎重になった。


チョモンは台所の戸の前に行き、キム氏に「お義母様、行ってまいります」と声を掛けた。キム氏は洗い桶の食器類を洗ってばかりいて、振り向きもせずに「お祖母様をしっかり支えて行っといで」とぶっきらぼうに言った。先に門の方に行っていた大姑チョン氏がチョモンを急かした。

「急がないと満ち潮になっちまう。早く行かなきゃ」

チョモンは米入りの袋を頭に載せ、弁当を片手に持ってチョン氏の後ろを歩いた。チョン氏の白地の服の裾下から、白い足袋を履いた足を包んでいる灌園蚊帳吊編みの藁沓の踵《かかと》部分と、非常に美しい縁取りの編み目がのぞき見えた。チョモンも、実父が編んでくれた藁沓を履いていた。

チョン氏は、チョモンの先を歩いては一休みし、また歩いては一休みしながら海の中道の端に着いた。

海の中道に入る前にチョン氏は、畑の土手にまたがって座りながらフーッとため息をついた。海の中道は果てしなく広がった干潟の中央に向かって、巨大な雨竜のように身をくねらせて延びていた。海の中道の彼方に紫色の天冠山がそびえ、その頂に真っ青な空を載せていた。チョン氏は息をハアハアさせながらチョモンに言った。

「嫁御や、おまえさんもここに座って、ちょっとお休み」

チョモンは米の袋を土手に下ろし、チョン氏の前に立ったまま「私は足、痛くないです」と言った。干潟の彼方に青灰色の海が見えた。ちょうど潮が引き始めていた。

チョン氏の白髪が日差しをはね返して光っていた。チョン氏の干からびた手の甲には青い血管がくっきりと浮き、顔には深いしわが寄っていた。チョン氏がチョモンの両手を一つに集めて握り、なでさすった。

「おまえさん、どうしてこんなに顔がきれいで手もかわいくて魅力があるのかねぇ。背もすらっとしていて、首筋も長くて、体はふっくらしていて……おまえさんは、どうしてうちの孫嫁になったんだい？……おまえさんはきっと、観音様が生まれ変わってわが家に来てくれたんだよ。わが家をぐいっと高く興すために」

この言葉を聞きながらチョモンは、はにかんでうつむいた。姑キム氏からとがめられたことを思い出した。姑の言ったことは一から十まで正しいのだと思って、これからはもっと振る舞いに気をつけなくてはと思った。風が下の方から吹いてきて、チョン氏とチョモンの耳元の髪をそよがせたり、チマの裾を翻したりした。畑の土手の黄味がかった豆の葉と、黄金色に色付いていく棚田の稲穂を揺らした。空には白い雲が北の方へ流れていた。

「私がお寺に行ってお釈迦様に祈ってあげるよ。おまえさんと、おまえさんの旦那様が……末永く健康で夫婦仲良く、息子や娘をたくさん産んで和やかに暮らしますようにってね……」

チョモンの顔を見つめながらそう語るチョン氏の、灌園蚊帳吊で編んだ藁沓の爪先に、紫色の露草が数株、ぱっと明るく咲いていた。

極楽

天冠寺は龍沼洞《ヨンソドン》の裏山の中腹にあった。チョモンはチョン氏の脇を抱え、くねくねした谷あいに沿って延びている坂道を上っていった。尾根筋を蛇行して上る道は険しかった。チョン氏は歩いては休み、また歩いては休んだ。ハアハア息をし、額とうなじに噴き出す汗を拭いながら、あらん限りの力を振り絞ってつづら折りの山道を上った。

チョモンは不安になった。孫嫁をお釈迦様にお見せするのがそんなにも重要なことなのだろうか。イエス様がいらっしゃる教会は村の中にあるのに、なぜお釈迦様のお寺は高い山の中にあるのだろうか。彼女はチョン氏の片腕をつかんで支えた。チョン氏の体は細かく震えていた。

道端には薄が茂り、ちょうど黒みがかった赤紫色の穂を付けていた。その茂みの上には神聖な象の形をした白い雲が流れ、茂みの間には野菊の白い花が咲いて笑っていた。風が吹いてくると、薄が互いに身を擦り合わせてサワサワと笑いだした。

寺は黒い冠を被った山頂が眺められるこぢんまりとした場所にあり、雄壮な大雄殿と極楽殿、山神閣などが静かにたたずんでいた。寺の境内に入ったチョン氏とチョモンを僧侶たちが丁重に迎えてくれた。

大雄殿に入ると、住職が木魚をたたきながら念仏を唱えてくれ、チョン氏は息を切らしながらも百八《ひゃくはち》礼《らい》（仏教で、百八の煩悩を退けるためその数を繰り返す礼拝の仕方）をした。お辞儀をするチョン氏の脇を、チョモンは支えてあげた。チョン氏はお釈迦様に向かって正座し、願い事をした。

「お釈迦様、観音様、この子が私の孫嫁でございます。どうか夫婦仲良く健やかに暮らして、かわいくて賢い子どもを次々産んで育てることができますように、お慈悲とお恵みをくださいませ」

チョン氏は財布から紙幣を取り出し、賽銭《さいせん》箱に入れた。ウンギは養英学校から俸給をもらうたびに紙幣を一枚、祖母の手に握らせたのだが、チョン氏はその紙幣を全部、賽銭箱に投じているのだった。チョモンは、僧侶たちの見送りを受けながら山を下りていくチョン氏の脇を支えた。

チョン氏は、冠山のオクタン里にある書堂に寄った。塾長をしている息子のチュニルが母を出迎え、丁寧にお辞儀をした。チュニルのあいさつを受けると、チョン氏はすぐ体を起こした。一晩泊まっていくようにとチュニルが強く勧めたが、チョン氏は湧き水を一口すくって飲み、息子の顔を見ると、さぁ、これでいいと言ってさっさと再び歩きだした。十里の海の中道を行くには、満ち潮になる前に急がなくてはならないのだった。日が暮れかかってから辺りが暗くなるまで、よたよたした足取りでやっと海の中道を渡り、真っ暗な夜になって家に帰り着いたとき、チョン氏の体はへとへとに消耗しきっていた。

チョン氏は、あまりに無理な外出がたたったようで、家に戻ってご飯を一口食べるか食べないかのうちに横になった。ぞくぞく寒気がすると言うので、ウンギが薬屋で薬を処方してもらい、それを煎じてやった。チョモンはタオルを湯に浸し、心をこめてチョン氏の四肢と顔と首を拭いてやり、腕や足をもんだが、快方に向かう気配がないまま次第に弱っていき、ひどくせき込んでいるうちに血痰《けったん》を吐いた。

ウンギは作男をオクタン里に向かわせ、父チュニルに祖母の危急な状態を伝えさせた。チョン氏は自分の命がいくばくも残っていないことを知っていた。目を閉じたまま低い声で南無阿弥陀仏観世音菩薩とだけ唱えた。翌日からは喉が腫れて、食べ物が飲み込めないようになってしまった。チョン氏は家族を呼び集め、ささやくような声で遺言をした。

「私は、死ぬんじゃなく、極楽に行くんだ。私の子や、私の孫ウンギや、私の孫嫁や、私が死んでも、泣くんじゃないよ。極楽に行く私のために、南無阿弥陀仏、観世音菩薩とだけ唱えておくれ。真面目に暮らしてきたわが子や、おまえさんは悲しまないで、ひたすらお経を唱えておくれ」

言い終えたチョン氏はチョモンの手を握ってなでながら「嫁御や、私のかわいい孫嫁や、私が死んだら極楽に行って、おまえさんたち夫婦の行く末を、お釈迦様に頼んであげるからね。きっと、正しく生きなさい。ちゃんと暮らせない人には、食べ物を惜しまずに、いつも十分にもてなしてあげなさい。そうしたら、おまえさんは間違いなく、これから賢い子どもを産むことになるからね」そう言ってから目をつむってしまった。

息子チュニルは『千手経』（千手観音の由来や功徳などを説いた経文）を開いて読んだ。チョモンはチョン氏の腕や足をもんであげながら、南無阿弥陀仏観世音菩薩と唱えた。明け方、チョン氏は藁の火が消えるように永久《とわ》の深い眠りについた。チュニルは涙を拭いながら、「スリスリマハスリ　ススリサバハ」と悲しげに経を上げ続けた。

姑の死

チョモンが三人目の男の子を産んだ壬午《じんご》の年（　　）の真夏は例年になく日照り続きだった。干ばつのためここ数年続けて凶作で、この年も凶作になりそうだった。東風《こち》が吹いて黒い雲がかかり、今にも雨が降りそうになっても結局は降らず、日照りは続いた。オクタン里で塾長をしていたチュニルが、肩に風呂敷包みを担いだ旅装で家に帰ってきた。凶作続きで生徒が集まらず、書堂を臨時休校にしたのだった。

田畑の地面はすっかり干上がって亀の甲のようにひび割れた。ハンジェ山の谷あいにある二枚の田の稲は、昼となく夜となく通ってため池の水を汲み、稲の根元にまかなくてはならなかった。姑のキム氏はしばしば、明け方からハンジェ山の谷あいの田に水をまきに行った。

ウンギはいつものように養英学校に授業をしに行き、産後の肥立ちもろくにできないままチョモンは、家族の朝食を整えて小姑と義理の娘を連れて畑に草取りに行った。舅のチュニルは朝食をとり、数え年で四歳になる二人目の孫を連れてハンジェ山の谷あいにある田に行った。ため池で水汲みをしているキム氏を家に戻らせ、代わりに水をまくためだった。

虚弱なチュニルは孫を負ぶって急な坂道を上るのに難儀した。孫を地面に下ろしながら「祖父ちゃんはしんどいよ、歩いていこうな」と言った。しばらく歩いていた孫が、足が痛いと言い、また負ぶってよと駄々をこねて泣いた。チュニルは孫をなだめて手を引いたり負ぶっていったりした。谷あいの棚田の畔《あぜ》に着いたものの、ため池で水を汲む音が聞こえてこなかった。不吉な思いに駆られたチュニルは、孫の手を離して田の中央にあるため池に走った。取り残された孫は一緒に行こうよと言って泣いた。

祖父が山あいの棚田に連れていったのは、私だった。私は四歳のとき、白い服の姿で溺れた女性の遺体を見た。遺体は、ため池の水面で俯《うつぶ》せになっていた。私の祖母、キム氏だった。目まい症のひどい祖母が、水を汲んでいるうちに意識を失い、ため池に落ちて溺れたのだった。人々が駆けつけ、白いチマチョゴリを着た祖母の遺体をため池から引き揚げる様子が、濃い霧の中で起きた出来事のように記憶の中でかすんでいる。

私は十歳前後のころ祖父の部屋で寝ながら漢文の勉強をしたのだが、外出した祖父はよく居酒屋に寄って一杯ひっかけ、辺りが暗くなったころ酔って帰宅した。私が門に走っていって出迎えると、祖父は私を股座に挟んで背中から私の上体を抱いたままふらつきながら「おい、こいつ、おまえのためにおまえの祖母さんを亡くしちまったんだぞ、こいつめ」と言って、しばしば悲しがった。

大舅、大姑、姑を立て続けに亡くしたチョモンは二十八の若い年で大家族の女主人になり、暮らしのやり繰りをしなくてはならなくなった。三番目の息子を産んで一カ月後のことだった。

姑の葬式を執り行う五日間、豚二頭をつぶし、食事ごとに米と麦を混ぜてご飯を炊き、柩《ひつぎ》の輿の担ぎ手と村人をもてなした。凶作続きだったため村内の人々が蜂の群れのように詰めかけて料理を食べていったので、ご飯は食事のたびに不足した。葬式が終わったときは、穀物倉庫の櫃はすっかり底を突いていた。ウンギ夫婦は借金をして暮らさなくてはならず、以後、借金返済に死力を尽くさなくてはならなかった。

廃校

ソウル鍾路《チョンノ》警察署の特高の刑事らが突然、金在桂《キムジェゲ》を逮捕し、水責め、電気責めの拷問を加えた。天道教の中央金融観長の金在桂は孫秉熙《ソンビョンヒ》と共に全国の信者らに「天よ、日本人らを一夜のうちに追い出し、わが国を正しく立てさせたまえ」という祈禱文を下達したのだが、それを親日派のある人物が特高に告発したのだった。金在桂を捜査し尋問する過程で彼は、全羅道長興郡徳島のチュンチョン地区に養英学校を設立し、地域住民に反日感情を起こさせ、生徒に朝鮮語を教えて自主独立思想を鼓吹した、とされた。

ウンギはその情報に接するとすぐさま家に駆けつけ、真っ先にパク・チョンノが持ってきた本と天道教の雑誌「開闢」を燃やした。その日の夕、彼は養英学校のほかの教師らと共に、長興警察署の特高に捕らえられた。不逞《ふてい》鮮人（不穏な思想を持った朝鮮人）という罪だった。留置場に放り込まれた教師らは、一人ずつ呼ばれて尋問を受けた。五昼夜にわたる取り調べを受けた彼らは六日目に、今後は不穏な行為をしないとの覚書を書いて釈放された。

以降、養英学校は閉鎖となり、そこに帝国主義下の日本の普通学校一、二年生に教科を教える簡易学校が入った。日本はそこに日本人教師一人を送り込み、幼い子どもだけを教えた。以後、ウンギは普通の田舎の男として農作業と海苔養殖をしながら、暇々に海苔商売をして暮らさなくてはならなかった。

財運

養英学校が閉鎖された後、農業と海苔養殖をして暮らしていたウンギに、資本力がある外地の商売人が訪ねてきて、共同で商売をしようと持ち掛けた。徳島住民の海苔養殖に必要な物品（網、竹、杭）を供給する商売、莞島《ワンド》で良質の海苔をかき集めて長興《チャンフン》漁協に納品する海苔商売は順風満帆だった。

外地の商売人たちはウンギの家に滞在し、彼らの食事はチョモンが切り盛りした。商売人たちはウンギが海苔の品質鑑別に長けていると知って接近してきたのだった。ウンギが外地の商売仲間について莞島に行き、良い海苔を選んでやったら彼らが代金を払って運搬し、漁協の鑑別台に載せ高い等級で売った。その海苔は全て日本に輸送された。

ウンギは金が貯まり次第農地を購入したので、数年のうちに田が十枚、畑が二十枚に増えた。彼は、貧しいセトマウル集落で最も多くの田畑を所有する金持ちになった。チョモンは門前市に通って金融組合で教育保険と海上保険に入り、月々の保険金を払い込んだ。

解放

太平洋戦争が終わり、植民地支配から解放されて三日目の夜、親族のパク・チョンノがウンギを訪ねてきた。客部屋棟の後ろの小部屋で一緒に寝ながらチョンノは「兄貴、新しい世の中になりました。南労党《ナムノダン》（南朝鮮労働党。一九四六年十一月、朝鮮半島南部での共産主義勢力を再び整える目的で、ソウルで結成された共産主義政党）に入ってください」と言った。

「これからの世の中は農漁民と労働者らを主体にした共産党の社会になるんです。兄貴が南労党に入りさえしたら、志のある青年たちが兄貴の下に集まるんですよ」

チョンノは、北側に金日成《キムイルソン》（一九一二―一九九四。一九四八年に成立した朝鮮民主主義人民共和国（北朝鮮）の国家主席）がいて南側に朴憲永《パクホニョン》（一九〇〇？―一九五六？ 独立運動家、南労党の党首として活動）がいると言った。北側の労働党と南側の労働党が力を合わせれば、朝鮮半島が共産主義社会になると言った。

「もし兄貴が南労党に入らず李承晩《イスンマン》（一八七五―一九六五。独立運動家、韓国の初代大統領（在任＝一九四八―一九六〇））の下に付いたら、反動者として追われることになり、粛清されるかもしれません。気を確かに持たなくてはいけません。われわれ南労党には、兄貴のように目覚めている人物が必要なんです」

ウンギは金在桂の死と、養英学校で勤務したことで警察署に引っ張られたことなどを思った。金在桂は電気拷問に遭い、出獄して一月後に死んだ。世の中が二つに引き裂かれて争うことになれば、互いに殺し合うことになるのだ。ウンギには現実的な生活に無能な父と愛する妻と幼い子どもたちがあった。彼は首を横に振りながら断固として言った。

「俺は南労党には入らないが、李承晩の下にも付かず、おとなしく暮らすつもりだ。君も一方の先頭に立ったりせず、静かに農業でもして暮らすなり商売をするなりしたらどうだ。君からは何も聞かなかったことにするよ」

明け方、目を覚ますとチョンノの姿はなかったが、障子を隔てた部屋の父チュニルがウンギを呼び、座らせて言った。

「チョンノとは親しくするな。おまえはどんな党派にも入るな。これから世の中が想像できないくらい目まぐるしく変わるはずだ。まさに、今こそ注意すべき時だ。南労党だとか何だとかいう所に入った者は皆、辱めを受けたり死んだりするだろう」

婿と又従兄弟

夜中に下の路地から犬の吠える声が聞こえ、ほどなく庭に人の気配があった。耳をそばだてると、男の低い声が聞こえた。

「お義母さん、ぼく、トンジュです」

チョモンが戸を開けると、婿のユン・トンジュが入ってきた。彼はウンギと前妻スンシルの子、ピョンドクの夫だった。

チョモンが明かりをつけようとすると、オンドル部屋の下座で膝を折って座った婿が低いささやき声で制した。

「明かりをつけないでください。ぼくは今、追われているんです。ぼくをどこかにちょっとかくまってください」

ウンギが煙草入れを取り出しながらチョモンに彼を台所の小部屋に連れていくように言った。チョモンは、倉庫代わりに使っている小部屋の片隅を片付けて婿を入らせた。

チョモンは不安でならなかった。客部屋の後ろ側の小部屋には、父の従兄弟チェグンの息子、又従兄弟のハン・ウンチョルが床に就いていた。ウンチョルは南労党のセトマウル集落の宣伝部長だった。警察が押しかけてきて、トンジュとウンチョルを捕らえていったらどうしよう。

南には李承晩の大韓民国政府が、北には金日成の朝鮮民主主義人民共和国政府がそれぞれ誕生した。南朝鮮の地上では右翼団体と警察が活動し、地下では南労党の党員が活動していた。南労党の党員らは、人里離れた一軒家に集まって謀議を行い、密かに労働者と農民を扇動した。人々が朝起きて野に出掛ける途中に見ると、路地の家々の壁にビラが張られていた。朝鮮人民共和国万歳、米国の手先、李承晩の不正な輩を打倒せよ、親日の反動分子を粛清せよ、偉大なる英雄金日成万歳、スターリン万歳……

ウンギとチョモン夫婦は、ピョンドクをチャンサン里のトンジュと結婚させた。ウンギとチョモンは姻戚となる家の財産を気にせず、婿になる青年トンジュの堅実で賢い面だけを重視した。これほど賢くてしっかりしている男だったら、娘を飢えさせることはあるまいと考えたのだった。トンジュは養英学校が閉鎖された年に入学した、ウンギの教え子だった。

ところが、彼は南労党の大徳面の宣伝部長をしていたのだった。困った問題がもう一つあった。夜にはウンチョルが影のように奥の小部屋にしばしば忍び込んで睡眠をとり、夜明けに出ていった。

トンジュは、同僚が一人、また一人と捕まると、警察の目を避けて木こりの姿に変装して山の中に隠れたり、釣り人の身なりで船に乗って海上に隠れたりした。だが、もうこれ以上隠れる場所がなくなり、妻の実家に潜んだのだった。

チョモンは小部屋の片隅に布団を敷き、用を足せるように尿瓶《しびん》を入れてやった。彼女は居間の寝床に入ったものの、眠れなかった。しきりに寝返りを打っていたが、穀物庫から稲をすくって踏み臼のくぼみに入れ、足で踏んで稲をついた。ドスンドスンという杵の音が家の中に響いた。

このころ、村の若者らの間で流行した歌があった。

「新大韓国防軍ができるとの知らせ、指折り待ったこの知らせは夢のようだ、この身の代わりに国が立つなら、あぁ、露のごとく清らかに死のう」

小学生もこの歌を歌い、作男も薪の背負子を担いで山を登りながらこの歌を歌った。逃げ回りながらウンギの客部屋の後ろ側にある部屋にたびたび潜んでいたハン・ウンチョルはある日の夜、村から去った。彼はケンマウル集落のキム・アンギルと共に麗水《ヨス》に創設される国防軍の部隊に志願して入ってしまった。

ユン・トンジュを捕まえるために、チャンサン集落にある彼の家の前で張り込んでいた警察は真夜中に、ピョンドクが一人で寝ている部屋に踏み込んだ。仰天してぶるぶる震えているピョンドクに、夫がどこに隠れているか、ありのままを正直に言えと責め立てた。手の指の間に鉛筆を挟んでねじった。夜中ずっと悲鳴をあげていたピョンドクは、明け方に警察が出ていくとすぐさまハンジェ峠を越えて実家に走っていった。

前妻の娘ピョンドクが庭に入ったとき、台所で朝食の用意をしていたチョモンはどきっとした。庭に走り出て、部屋に入ろうとする娘ピョンドクの腕をつかんで縁側に座らせた。ピョンドクは横に倒れながら泣きだしたが、チョモンは娘に向かって冷たく叫んで言った。

「おまえ、ここに何しに来たの？　すぐお帰り」

チョモンは、警察が娘を尾行しているかもしれないと直感した。彼らが家宅捜索をすれば、潜んでいるトンジュが捕まってしまうのだ。チョモンは有無を言わさず立ち上がらせ、その背中を押して門の外へ出した。部屋から出てきたウンギもチョモンに同調した。

「つい二、三日前にここに来たくせに、何の用でまたひょいひょい走ってきたんだ！」

ピョンドクは、警察から夜中にずっと受けたひどい仕打ちを一言も聞いてくれずに門前払いをしたのは、チョモンが継母だからだと思い、悲痛に泣きながらハンジェ峠を越えて戻っていった。幸いにも警察はピョンドクを尾行していなかったので、トンジュは無事だった。

その日の夜、チョモンはウンギに、婿のトンジュを説得して自首させ、彼ら夫婦を一緒にどこか知らない所に行かせるようせがんだ。

ウンギは、子牛一頭分の金を持ち、真夜中にトンジュを連れて長興邑内に行った。ある食堂に婿を潜ませ、警察署長の家を探して訪ねていった。署長に事情を訴え、婿を自首させてから彼を連れて群山《クンサン》に行った。群山漁協の組合長キム・スンチルを訪ねて、婿の就職を頼んだ。スンチルは解放前にウンギと共同で商売をし、大もうけした人だった。スンチルは、ちょうど魚市場の書記を探していたところで、ウンギさんが推薦する人物なら信頼できるから雇いましょう、と言った。

群山漁協に定着したトンジュは、呼び出しに来る人がいないので妻ピョンドクと共に心穏やかな日々を過ごし、息子一人をもうけて育てた。魚市場の書記である彼は、前腕のように大きなタイ、スズキ、ボラなどをしょっちゅう家に持ち帰り、たらふく食べながら暮らした。

麗水・順天事件余波

その年の秋、真夜中にパンパンと豆が弾けるような銃声がピュンピュンという余韻とともに響き、宵闇に浸っていたケンマウル集落とセトマウル集落は出し抜けに上を下への大騒ぎとなった。真っ青な火が村の夜空を横切って飛び交った。南労党の青年らが弓庭広場に雲集して喚声をあげた。民族の裏切り者、李承晩を打倒せよ、偉大な英雄、金日成万歳。朝鮮人民共和国万歳、スターリン万歳。

この日の夜、英雄役をしたのはセトマウル集落のハン・ウンチョルとケンマウル集落のキム・アンギルだった。彼らは麗水反乱事件（一九四八年十月十九日、全羅南道麗水郡（現在の麗水市）で起こった軍隊反乱事件）に加担して討伐軍に追われ、銃と実弾を肩と腰に着けて故郷に戻ったのだった。弓庭広場に雲集した南労党の青年団員たちは彼らを擁護したまま肩を組み、会鎮派出署に押しかけた。派出署はがらんとしていた。警察官は銃声に驚いて逃げ去っていたのだった。気勢を上げた彼らは、徳島内のあの村この村を回りながら銃を撃ち、威嚇《いかく》した。親日派や反動分子と目星をつけられた人々の家に侵入したが、彼らは皆、避難して家にはいなかった。

物騒な夜が過ぎて明るくなると世の中は静かになったが、討伐軍の一個中隊が村に入り、セトマウルとケンマウルの両集落を包囲した。村人たちを全て弓庭広場に集め、反乱軍の二人と交わり喚声をあげて示威した南労党の青年らを捕らえ、膝を地面につけて座らせた後、尻と太ももの付け根を椚《くぬぎ》の棒でこっぴどく殴りつけた。ハン・ウンチョルの父ハン・チェグンとケンマウル集落のキム・アンギルの父は討伐軍に殴られ、瀕死の状態になった。

それから二カ月後、大便混じりの水（古来の民間療法の一つ）を飲んで体をやっと起こしたチェグンが夜中にウンギを訪ねてきた。ウンギは心配そうな顔で「おじさん、体の具合はどうですか？」と尋ねた。顔が蒼白になったチェグンはぶるぶる震えながらウンギを引っ張って部屋に入り、向き合って座ってから言った。

「どうしたらいいものやら、甥っ子や、おまえがちょっと一肌脱いでくれんかのう」

チェグンは、ひどく緊張した面持ちで話し続けた。

「康津《カンジン》から便りが来たんだが、ウンチョルがそこで、言葉が不自由な人のふりをしながら作男暮らしをしているというんだよ。銃は古かますに包み、畑の土手の端に埋めておいたらしい……俺にはほかに誰もいない。あいつを助け出せるのはウンギ、おまえだけだよ。うちの牛を売るから、その金を持っていって自首させておくれ」

四日後の真夜中に、古びた野良着姿のウンチョルがやって来た。ウンギの前で膝をついてお辞儀をした。ウンギは金を入れた袋を腰に巻きつけ、ウンチョルと一緒に夜陰にまぎれて長興邑に入った。ある食堂の脇部屋にウンチョルを隠し、婿のトンジュを自首させたときのように警察署長の家を訪ねて事情を訴えた。

「分別なしに反乱軍にさらわれて入れられ、今は謹慎している又従兄弟がいます。自首をすると言うので、これをお受け取りください」

牛一頭分の金を投げ打って家に帰ってきたウンチョルは、うわべだけはおとなしく謹慎しているふりをした。白地の服の身なりで幼い学童らに交じってチュニルに文字を習った。薪の背負子を担いで山を登り降りしたり、釣りをして回ったりもした。世の中は静かになり、カッコウが鳴く夏になった。

ひっくり返った世の中

翌々年の六月下旬、北の方から砲声が聞こえ、長興邑で中学校に通っていた長男が夜中に戻ってきて、世の中が全く違う姿に目まぐるしく変わっていった。都市から入ってきて作男の仕事をしていたイ・スドンが、今は労働者と農民の世の中になったと言って自分の故郷の村に帰ってしまった。

警察が島に退却するとすぐに人民軍が入ってきて、村民会館の旗竿には太極旗の代わりに人民共和国の旗が翻った。人民委員会と細胞委員会（細胞とは共産主義組織における基本的な単位を指す）、女性同盟と少年団が組織された。ウンギの前妻キム・スンシルの長兄は人民委員長に、次兄は細胞委員長になった。細胞委員たちは草色の服を仕立てて着、鍛冶屋で一本ずつ作った刀を身に付けて歩いた。人民委員会と細胞委員会は連日、合同会議をしたが、主要案件は反動分子の田畑を没収して貧しい人たちに分配することだった。

セトマウル集落の人民委員会では反動分子第1号としてハン・ウンギに目星をつけ、ユン・キナムを2号、パク・チギュンを3号と見なした。細胞委員らはスパイを配置して反動分子の動きを監視し、報告させた。家に何か武器を隠してはいないか、どこかに逃亡しはしないかを調べるのは、これまで彼らの家で作男暮らしをしてきた者たちだった。

ウンギは、世の中が変わると白地のパジチョゴリを着て家の中に閉じこもった。村の人民委員会では、村内の反動分子の名簿を保安署に提出した。ところが保安署は、ウンギをはじめとする反動分子を逮捕しようとはしなかった。保安署内でウンギをかばう二人の署員、それは、ユン・トンジュとハン・ウンチョルだった。反動分子第1号とされたウンギが無事だったので、ユン・キナム、パク・チギュンも無事だった。

トンジュは人民軍が南下するとすぐ、群山漁協の魚市場書記の席を蹴飛ばして故郷に戻り、保安署員になった。牛に草を食べさせたり釣りをしたりしていたウンチョルも保安署員になった。保安署員のトンジュとウンチョルは、セトマウル集落のウンギを捕まえようと言う保安署長と対立した。

彼らはセトマウル集落に出向き、人民委員長と細胞委員長に「ハン・ウンギは私たちの責任で必ず自首させるから、手を出さないでくれ」と圧力をかけた後、ウンギの家に行った。トンジュとウンチョルがウンギとチョモンに深々とお辞儀をしてから、トンジュが言った。

「お義父《とう》さん、今後は私がお義父さんをお守りします。お義父さんは私の頼みを聞いてください。保安署に出掛けて自首し、堂々と暮らしてください」

同調してウンチョルが横から口を挟んだ。

「ウンギ兄さんが保安署に出向いて自首する問題は、私がこの甥っ子と二人で全て安全に処理します。よその村の反動分子は皆、すでに保安署に捕まって一度ずつ尋問を受け、財産を全部差し出すという覚書を書いた上で釈放されました」

チョモンは酒の膳を整えて出しながら「これまで私たちが無事でいられたのは全部、保安署に勤めているウンチョルさんとうちの婿のおかげだとよくわかっていますよ。二人が道筋をしっかりつけてくれたら、そのうちに……」と言ったのだが、ウンギは断固として「俺は保安署には行かないぞ」と言った。

「俺はそこに行って自首すべきどんな間違いも犯してはおらん。よそより農地を多く持って暮らしてはいるが、正々堂々と海苔商売をし、農作業をし、海苔養殖をして稼いだ金で買ったものだ。俺は反動分子と烙印を押される何の理由もない。俺の田はせいぜい十枚しかなく、畑は一枚当たり八十坪程度のものが二十枚だ。俺の財産は、隣の金持ちの村に比べたら中くらいにもならん。俺はおまえたちの言う親日派でもないし、労働者と農民の血を吸った悪徳地主でもなく、俺の農地を誰かに小作させて小作料を取ったこともない。おまえたちがよく知っているように、俺はどうにかこうにか家族を食わせ、自分の弟や妹たちと娘を結婚させて暮らしてきただけだ。作男を一人雇って暮らしてはいるが、報酬をきちんと払って働かせてきた。素直で善良な民である俺がなんで反動分子の烙印を押され、保安署に行って自首しなくてはならんと言うのか」

婿のトンジュが弁解するように言った。

「あれあれ、お義父さんが何か間違ったことをしたから自首するようにと言うわけじゃなくて、世の中がひっくり返ったから社会の新しい主役である私たち若者にしっかり協力するという覚書を書く、それこそ形式的な自首なんですよ。言ってみれば、新しい世の中に参加するという覚書なんです」

ウンギは顔をゆがめながら怒鳴った。

「新しい世の中だと？　おまえたち、俺の言うことをよく聞け。井の中の蛙のように世の中を見てはならん。わが朝鮮半島だけを見るのじゃなく、世界の隅々まで広く見渡してみるんだ。ソ連と中国だけじゃなく、アメリカもあればイギリスもフランスもある。世の中がひっくり返ったと言ってあまり跳びはねるんじゃない。ひたすら愚直に、道理に従って温順に、節度を守って生きるんだ。あの村この村でやたらと人々を反動分子と決めつけて捕まえ責め立てたりするな。世の中の人々にそっぽを向かれないようにしろ。人心が天心だ。頼むから人心を失わないでくれ」

ウンチョルが哀願するように言った。

「兄さん、保安署に勤めているぼくたち二人も立場上つらいんですよ。今すぐ自首してとは言わないから、ぼくたちが帰った後、じっくり考えてみてくださいな。よその村の反動分子は皆、捕らえられたのに、この村では兄さん一人が無事なままなんです。ぼくたちがかばうのにも限界があります。自首するふりをしてくれたら、ぼくたちが無難に処理するってことなんですよ。では、ぼくたちも忙しいのでこれで失礼します」

反動分子の粛清

南道《ナムド》の地（京畿道より南の地域。忠清・慶尚・全羅の各南道と北道、計六道）を三カ月間占領していた人民軍が九月下旬、アメリカ軍の仁川上陸作戦（朝鮮戦争中の一九五〇年九月十五日に国連軍が韓国ソウル西方の仁川に上陸、北朝鮮からソウルを奪還した一連の作戦、戦闘）によってにわかに一夜で退却したことが、大事件の発端となった。人民軍は保安署員と村の人民委員会、細胞委員会に対し、自治的に統治しながら反動分子を粛清せよとの指令を出して退却したのだった。それ以降は、保安署員のユン・トンジュとハン・ウンチョルの力が村の人民委員会と細胞委員会に通用しなくなった。

反動分子の粛清を決行することにした二日前、人民委員会では村人に対し、飼い犬を全て殺して食べてしまうように命じた。人民もろくに食べることができない食糧をさらに減らす存在を飼ってはならないというのが、その理由だった。細胞委員は犬を飼っている家を一軒一軒回って犬を処分するように強いた。十五歳前後の少年団員がロシア民謡のカチューシャの歌を歌いながら犬を飼っている家を探し回り、犬をいなくしてしまえとせっついた。村人たちは命令に従わざるを得なかった。村のあちこちから犬の悲鳴が聞こえ、川辺では犬の毛を焼く煙が立ち上り、その日の夜から犬の吠え声が聞こえなくなった。

翌朝、女性同盟の委員たちがチョモンの家にやって来て、二かます分の米を供出するように言った。チョモンはそれをウンギに伝え、穀物倉庫の戸をぱっと開け放って、二かます分の米を取り出してやった。彼女はどきどきしながら、腹立ちで煮え返った胸を鎮めるために竹笊《ざる》を脇に抱え、クンドンネ集落の裏手の唐黍畑にキムチの材料を採りにいった。唐黍の茎の間に大根の種を蒔いておいたのだが、大根は日陰で柔らかく育った。

大根を抜いているとき人の気配があり、びくっとして振り向いた。頭に手拭いを被った一人の女がクンドンネ集落の方から足早に歩いてくると、唐黍の茎をかき分けて中に入ってきた。その女は、チョモンと一緒に少女時代を過ごしたスニだった。彼女はテセプと結婚して暮らしていた。

「まぁ、スニじゃない、どうしたの！」

チョモンはスニの手をさっとつかんだのだが、スニはぶるぶる震えながら息をハアハアさせるばかりで、何も言わなかった。そばかすの多い顔はこわばっており、唇は青ざめていた。思い詰めたような表情のスニが、震え声でやっと言葉を吐いた。

「チョモン、この子ったら、あんた、今キムチの材料なんか採っている場合じゃないわよ。あぁ、どうしよう！　亭主が言ったんだけど、あんたの旦那さんを今夜、殺すことにしたんだって。クンドンネ集落の反動分子はセトマウル集落の細胞が殺し、セトマウル集落の反動分子はクンドンネ集落の細胞がこっそり殺すことにしたんだって。亭主が、あんたが畑に来ないかどうか見張っていて、来たら耳打ちしてやるようにって何度も言ったのよ。誰かに見られたらいけないから、私はもう行くわ。チョモン、このことは死ぬまで絶対誰にも言ったら駄目よ。今夜は家族そろって家では寝ずにどこかに隠れていてね」

言い終えるとスニは振り返りもせず一目散に村に走っていった。


チョモンは激しい動悸がし、目がくらんだ。キムチの材料もろくに採らないまま、足が地に着かないようにあたふたと家に駆け戻った。門を入ったとき、ウンチョルの父ハン・チェグンが後から庭に入ってきた。真っ青な顔で、キセルを持つ手がわなわな震えていた。

「おじさん、どうしたんですか?」

ウンギが尋ねても彼は黙ったままで、ウンギの袖を引っ張って客部屋の台所に連れて入った。チョモンはついて来て様子をうかがった。チェグンが震え声で「甥っ子や、今夜、どこか遠くに身を隠せ。細胞委員らが今夜おまえを殺すことにしたんだ」。そう言うなり、振り返りもせずに門から出ていった。


暗くなりかけたころウンギは、黒のオーバーを着て林の中に入っていき、チョモンは子どもたちを裏山のふもとの唐辛子畑に連れていって、筵を敷いて寝かせ布団で覆った。彼女は裏庭の段畑の端にある竹林の中に積んでおいた胡麻の束で四方を囲み、その中に隠れていた。

真夜中で月は中天に浮かび、世の中は皓々《こうこう》とした月明かりの中でしんと静まり返っていた。家の前の路地から怪しい足音が聞こえ、一人の男が門に入りながら「ウンギ兄貴、いますか?……兄貴、鋸《のこぎり》をちょっと借りに来ました」と言った。隣に住むイム・テスの声だった。ウンギの家に刃物のような鋸があることを、村内で知る人は知っていた。

チョモンの胸は激しく波打った。胡麻の束の隙間から庭に立ったテスの動静を見守った。庭には白い月光ばかりが降り注いでいた。門から三つの黒い影が入ってきた。あ、あそこにクンドンネ集落のテセプが加わっているんだ。幼いころ、ヤマカガシの尻尾をつかんで振り回し、同じ年ぐらいの女の子たちをからかって追いかけながら、自分を見ると照れていたテセプの姿と、唐黍畑の中にちょっと寄って逃げるように走り去ったスニの姿が思い浮かんだ。

テスが鋸を口実にウンギを呼び出せば、影たちがウンギをどこかに拉致する、そのような意図が明らかだった。家の中の動静を探っていたテスが門の影たちと何かうなずき合った。影たちが庭の中に入ってきて、一つの影は居間に入り、続いて戸を開け放つ音が聞こえた。別の影は客部屋の台所に入ってから出てきて、もう一つの影は客部屋の戸を開けてくまなく探した。客部屋では、耳の遠い舅と幼い二人の孫が寝ているだけだった。自分たちの情報が漏れたことを確信した彼らは、路地に姿を消した。胡麻の束の中に隠れていたチョモンの体に冷や汗が流れた。もしもクンドンネ集落のスニと父の従兄弟チェグンが耳打ちをしてくれず、ウンギが家で寝ていたらどうなっていたことだろう。

かすめていった死

幼いペンギンのようにしゃがみ込んでいる母は、興奮した声で言った。

「そのときおまえの父ちゃんが山に避難せずに家の中にいたとしたら、あの人たちに殺されていたんだよ。おまえの父ちゃんが死んだらおまえも死んで、誰もかも皆死んでいたろうね。大徳面管内の人民委員会の細胞たちが、その日の夜のうちに全部の村で反動者を粛清しようと約束して決行したそうなんだよ。その夜にチョンアム集落では一家族が皆殺しに遭ったんだけど、そのときに死んだ人は、私が幼いときに求婚されたイ・チャンソクで、その家族が皆殺しに遭ったんだ。私がその家に嫁に行っていたら、私も死んでいただろうね。おまえの父ちゃんと義理のきょうだいになったトクサン集落のファン・ウィジョン宅の四人きょうだいもその夜に皆死んだ。ただおまえの父ちゃんだけが生き残ったんだよ。クンドンネ集落のスニとチェグンおじさんが耳打ちしてくれたおかげで……考えてみたらぞっとするよ」

その日の夜、十二歳の少年だった私は、十八歳の姉、十五歳の兄と一緒に裏山の唐辛子畑の片隅に敷かれた筵に横になり、布団を被って寝ていたが、真夜中に目が覚めた。月は中天に浮かび、辺りは明るかった。目の前に広がる海では、月明かりが白くきらめく鏡の欠片のように散り敷いている。どうかすると、数千億の白い魚が水面に出てぴちぴち跳ねているようでもあった。その風景を見下ろしながら私は、うとうとと寝入っては繰り返し目を覚ましていたのだが、高興《コフン》半島と莞島《ワンド》間の海の方からゴーゴーという軍艦のエンジン音が聞こえてきた。その音はクンドンネ集落の前の海を過ぎて会鎮港の方に向かったのだが、間もなく銃声が聞こえてきた。

母は語り続けた。

「その日の夜に警察が入ってこなかったら、翌日の夜に私たち家族は全部死んでいたはず。その日の夜明けに保安署員の一部は捕らえられ、一部は有治《ユチ》山に入ってパルチザンになり……ところが、おまえの義理の兄さんトンジュとおまえの親戚のウンチョルは銃弾に当たって死んでしまった。それでもこの二人のおかげで、おまえの父ちゃんは保安署に連行されて辱めを受けずに済んだんだ。人民委員長、細胞委員長をしながら私とおまえの父ちゃんを殺そうとしたスンシルの二人の兄は、警察に引っ張られてから自首して大徳支署の留置場にぶち込まれたよ。それでも、お前の父ちゃんが行ってよくしてやって生き残りはしたけれど、それから長くは生きられずに死んでしまった。人間は正直で善良に暮らさないとね。罪のない人に害を与えようとしたら、自分が罰を受けるものだよ。クンドンネ集落のスニの旦那テセプも死んだ。細胞の役をしたテセプが、クンドンネ集落の反動者の一人を海辺に引っ張っていって殴り殺したそうなんだよ。村に入ってきた警察にテセプが撃たれて死んだものだから、スニはその村で暮らせなくなってソウルのどこかに行ったけれど、もう死んだらしいよ」

Ⅲ

母は、正体不明のある種の鳥に生まれ変わりつつあるのではないだろうか。そうしていつの日か、本人しか知り得ない、とある世界に向かってぱたぱたと飛び去っていくのかもしれない。

鳥

大学生の娘チョハが、老いのため体が小さくなり頭髪もすっかり白くなって、白のチョゴリとチマを着たままよくペンギンのように座っている母方の祖母の手にマニキュアを、足にペディキュアをしてやりながら「テレビで観たんだけど、うちのお祖母ちゃん、卵からかえったばかりのクロハゲワシのひなにそっくりだわ」なんて言うものだから叱ったのよ、と妹が言った。

「クロハゲワシのひなに似ている」という比喩への拒否感はどうしようもないものの、私はそのように見たチョハの眼識には同意した。母は、正体不明のある種の鳥に生まれ変わりつつあるのではないだろうか。そうしていつの日か、本人しか知り得ない、とある世界に向かってぱたぱたと飛び去っていくのかもしれない。

私は戻るとき母に深々とお辞儀をして別れのあいさつをした。そうしながら〈どうか大病したりせずに、ふとした瞬間に正体の知れない何らかの鳥になってひらひらと自分だけにわかる世界に飛んでいってください〉と、心の中で告げた。

私が長興《チャンフン》に戻って三日目の夜に妹から電話があった。

「帯状疱疹がひどくなってウンウンうなってつらそうなので、近くの療養病院に連れていったんだけど、お母さんがうわ言みたいにしょっちゅう〈スンウォンの所に行きたいよ……〉って言うのよ」

胸が締めつけられ、熱いものがこみ上げて鼻がずきずき痛んだが、涙ぐみながらも私は頼み事ばかりをしっかりと口にしていた。

「おまえが臨終をちゃんと見届けて、亡くなったらすぐになきがらを長興に運びなさい。ここでほかのきょうだいと一緒に葬式の準備をしてお見送りをしよう……母さんは、自分の大姑が先に行っている極楽に行くだろうから」

それから私は冷酷に言った。

「病院の人たちが栄養剤のリンゲル液を点滴しようとか、食べ物をチューブで注入しようとか、酸素マスクをしようとか言ったら、全部断るんだ。帯状疱疹が激しくなった今の状態で肉体的な命を無理に延ばすのは、母さんをよけいに辱めることだからね。自分の死を自分一人でこなして、ひらひらと飛んでいけるようにしなさい。死はどうすることもできない自分一人の運命的な問題なんだから」

夜が明けるとすぐ、長興のある斎場に予約を入れたのだが、妹が電話で「藁の火が消えるみたいに、安らかに息を引き取りました」と言い、日が暮れるころ夫と共に、母のなきがらを霊柩車に乗せて千里の道を走ってきた。

母は二度と目覚めることのない深い眠りに落ちていた。妹は後に言った。

「母さんが死を迎える姿は、崇高で厳かだったわ。死の前に自分の全てを差し出して目を閉じて耐えているとき、私はどうしても見ていられなくなって病院の庭に走り出て、夜空に瞬いている星を見つめながら一人で泣いていたの」

きょうだいの皆が見守る中で、なきがらを清めた。誕生の時が神々しいように、死の時もまた神々しい通過儀礼だった。白いガウンをまとった二人の清め人が、麻の経帷子《きょうかたびら》を着て横たわる母の顔に、清らかで美しい化粧をした。頬には紅を薄く塗り、眉を濃く描き、唇には口紅を塗った。顔面麻痺でゆがんでいた唇は、元通りに真っすぐ伸びていた。死は全てを原形に戻していた。

ほかのきょうだいは声を出しては泣かず、ただ流れる涙を拭うだけだった。ところが、私は「お母さんはお父さんと新しく結婚なさるのだ」と言って両目を手のひらで覆い「おぉ、おぉ」と声を出して泣いた。これまでの半生で、いつも母の広い胸の中に滑り込んできた八十歳になろうとしている老いた息子の私だけが、大人げなく声をあげて泣いたのだった。私はどうしてあのように、分別のない子どものごとく泣いたのだろうか。

進歩的な母と保守的な父

母の死と直面した私の胸の内では、万感の思いが交差した。

私が高校を卒業後、交通事故の後遺症で歩くのがひどく不自由になった父の代わりに三年間、作男のように野良仕事と漁師、冬の海での海苔養殖をして暮らしていたころ、母と父はしょっちゅう言い争った。

書生っぽで二十歳の私が精米所でついた米をかますに入れ、歯を食いしばって背負子で運んだり、真冬に採取した海苔の籠を担いで急坂の峠を越え、汗をたらたら流しながら小道を上ったりしたこと、十枚の田の田植えをするために、慣れない手つきで耕したり代掻《しろか》きをしたり、身を切るような寒風が吹きつける海の荒波の中で動力機無しの木船の艪《ろ》を漕いで回り、へとへとになって海苔の網ひび張りの仕事をしたりしているうちに体調を崩したことに、母は心を痛めていた。

海で木船に乗って回り網ひびを移動させるときは、一抱えの杭を持ち上げて干潟に深く打ち込みもし、それを引き抜いて船に積み深い所に移したりもしなければならなかった。その過程で艪を漕ぎ、高波をかき分けて進まなくてはならないのだった。母は、体調を崩している私を起こして座らせ、無理にご飯を食べさせようとした。「吐き気がしないようだったら、汁をかけてぐっと飲み込んでごらん。ご飯は薬になるんだよ」と言いながら。

夜、寝ていてふと目が覚めると、母が冷たいおしぼりで私の額を冷やしてくれていた。明け方に目を覚ますと、よく父と母が言い争っていた。口論はいつも母のキンキンした声、「……子どもたちがこの寂しい島の片隅で満足に勉強もできず、重い病気になって症状が一進一退する状態をほっとくつもりなの？　成長する子どもたちには希望があるべきなのに、うちの子どもたちには希望がないじゃないの」という言葉で始まった。

母は、田畑も山林も家も漁場も全て売り払って光州《クァンジュ》かソウルに引っ越そうと主張するのだった。馬の子は済州に送り、人の子はソウルに送れということわざがあるじゃないの、子どもたちを広い海で泳がせてこそ明るい将来が開けるじゃないの、そう言って父を責め立てるのだった。

しかし、父は母の主張を黙殺しようとした。

「今さらどこに引っ越して旅ガラスの暮らしをしようって言うんだ？　俺は都会生活をする自信はないんだよ。よく知らない所に引っ越すなんてのは若いころならではの話で、年をとってからろくでもない引っ越しをしようものなら、成功できずに物乞いになるぞ。子どもたちを皆、乞食にしちまうのが関の山だ」

父は十枚の田と二十枚の畑を所有して息子二人を高校まで行かせたことに満足していた。島ではあるが、先祖の墓があり人情の厚い静かな土地で、管内の有志の声を聞きながら老後を送ることになるのを幸せと思っていた。いずれは次男の私を適当な娘と結婚させて分家させる計画をずっと以前から立てていた。私が冬期に海苔養殖をし、春・夏・秋に野良仕事をまずまずうまくやったところ、海苔を売った金で二枚の田をすでに買い込んでいた。私が結婚し分家する際にその田を私にそっくり渡すと言うのだった。

父は、都市に移ってうまくいった人の話はせずに、生計手段をすっかり売り払って持っていった金を詐欺に遭ってなくしたり、商売に失敗したりした人々の話ばかり例に挙げながら、母の主張を一蹴した。母が都市に引っ越そうと言い張ると、母の実家側の放浪者のような人生を悪く言いながら「だから人は家柄を見て結婚をするわけなんだよ」と攻撃した。

母は負けずに食ってかかった。

「だったらあなたは、島男や島女になるほか道がないようにしてくれたあなたのご先祖様だけ大事にしながら、死ぬまでずっと子どもたちを全部この狭い島内に閉じ込めておくつもりなの？」

母は、都市に引っ越そうと主張することにかけては、娘時代に師だった父をてんで恐れはしなかった。

この口論は時々、昼間にも起きた。田畑でくたくたになるまで働いて家に戻った母は、台所でご飯を炊きながら嘆き節を言い立てた。母は、住んでいたトクサン里からソウルに引っ越して順調に暮らしているファン・ソンジュ一家の話をどこからか聞いてきて、台所にビンビン響くほど叫んだ。焚き口に火を入れては火かき棒で台所の床をたたきながら不平を並べた。

「私がチマを着て暮らす女じゃなくて一物を持って生まれた男だったら、とっくにソウルか光州に出ているわよ」

部屋の中に座って昼食の膳が整うのを待っていた父は鬱憤をこらえきれず、台所に行って黄銅の器一つとさじ一本を持って母の耳に当て、大きな音を立てた。

五十代後半になるころから父は、田舎の保守的で時代遅れの老人になっていった。養英学校の先生をしながら熱心に啓蒙運動をしていた新知識人青年の面影はどこかに消え失せていた。李承晩《イスンマン》と李起鵬《イギブン》（一八九六―一九六〇。韓国の政治家）が率いる自由党の党員になって面の党事務所に出入りし、食事のときには、自由党政権の長期執権画策を批判する二十一歳の私と対立した。

大統領選挙を目前にしたある日、黒縁の眼鏡を掛けた一人の警官が父を訪ねてきて、地区の有権者の名簿を取り出し、備考欄に〈○、×、△〉の印を付けていった日の夜、私はその選挙不正をめぐって言い争った。父は李承晩大統領を国父と呼び、彼が死ぬまで大統領職を全うしなくてはならないと言った。李承晩政権とアメリカがなかったらこの地は共産化され、朝鮮人民共和国の世の中になっていたら自分はそのときに死んでいたはずだと言うのだった。

その年の冬、ある日、私が海から海苔の籠を一つ担いで暗い急坂の小道を上っていると、父母の言い争う声が聞こえてきた。門を入り担いでいた背負子を庭に下ろし、背負子に積んだ海苔を地面に置いたころ、母と父の口論はすでにどうにもとりなしようがないほど激しくなっていた。

父はそのころ、ますますひどくなっていく母の不平不満にこらえきれなくなっていた。母は台所で叫びだし、父は台所に入って母の髪をつかんで引っ張り庭に出た。台所の戸の前には明かりがともっていた。縁側では幼い弟と妹がおびえて震え、泣きだしていた。

私はぼうぜんと突っ立ったまま父母の争いを見てばかりいた。私の胸の内では火の塊が跳ね上がり、目の前が暗くなった。あの大人たちのけんかをどうしたらいいのだろうか。私は明かりを拳でたたき落として壊した。庭は真っ暗な闇に沈んだ。弟や妹たちはさらにひどく泣いた。私は入り乱れてけんかしている父母に近づき、父に向かって叫んだ。

「父さん、髪をそんなふうに手に巻きつけて腰をたたいてばかりいたって母さんは死なないよ。力いっぱい踏みつけてしまったらどうだい」

私の言葉に衝撃を受けた父は、つかんでいた母の髪を離し、私に向かって「何だと、こいつめ、父親に歯向かうつもりか!」と、胸を激しく突き放して足を引きずりながら部屋に入っていった。私は横向きに倒れている母を起こした。母の鼻から血が流れていた。母は小さな泉に行って、水を汲み顔を洗った後、台所に入りながら叫んだ。

「ソウルに行って暮らしているファン・ソンジュの伝手《つて》で引っ越したチェ・トンスもしっかり暮らしているそうよ。わが家の所帯道具を整理したら、トンス宅の百倍になるはずよ。何が怖くてソウルに行けないの? ソウルに行ったら必ず詐欺に遭ったり、必ず商売に失敗したりして乞食になるなんて、とんでもないわ。ソウルに行きさえしたらあなたを部屋に静かに座らせておいてちゃんと暮らす自信があるから、全部整理して引っ越しましょうよ。私は誰にも負けないくらいちゃんと暮らしていく自信があるわ。もしもうまくいかなかったら水商売だってするし、体を売ってでも暮らすわよ。そして、うようよいる子どもたちをみんな学校に行かせるわ。後生だから、この島の片隅でご先祖様やあのご立派な自由党の党員自慢や有志自慢ばっかりしていないで、広い海に出ましょうよ」

部屋では父が言いたい放題に叫んでいた。

「そんなに都会に出たかったら、若いツバメでもつくってから出て行きやがれ」

そのとき母は四十七歳、父は五十六歳だった。

乳香

両親の不和と対立の中で私は鶏を飼い、人参栽培をしながら、夜には小説や当時唯一の総合雑誌「思想界」を精読し、中学校の国語科准教員の資格試験を受ける準備をした。光州の書店で国語教員資格試験を受けるのに必要な専門書をどっさり買い込んで熱心に読んだ。大学に行かずに詩人や小説家になるためには、教師生活をするのが最も有利と思われた。卵を売って「思想界」の雑誌を定期購読し、暇を見つけて小説を書いて、当時唯一だった現代文学誌に応募した。昼間は父の指図で農作業と海での仕事をし、夜になると勉強をした。

そのころ、ある師範学校に通う女子学生と交際していて、十日に一度は手紙のやりとりをしていた。師範学校を出た彼女が小学校の教師になったら、私は詩人で小説家の中学校教師になりたかった。

当時、実存主義が流行しており、私はそれに関連する書籍を買って読んだ結果、生半可な実存主義者になっていた。教会を好む彼女に無神論的な実存思想を吹き込もうとよく徹夜して手紙を書いた。岩を転がして山の頂に登るシジフォスの刑罰と悲劇的な運命を力説し、〈抵抗する、故に我あり〉という意味をわかってもらおうと、長ったらしい手紙をよく書いたものだった。

しかし、師範学校を卒業したらすぐ小学校の教師になる彼女の生に対する現実的な視角と、生涯詩人兼小説家として生きようという私の浮ついた非現実的な考えは、やりとりする手紙の中でいつもぶつかり合った。彼女の目には、野良仕事をしたり海で海苔養殖をしたりしながら暮らしている私が、成功とは逆の失敗に向かって進んでいる、勉強を中途半端でやめた中身のない文学青年と映ったのだった。

父もまた、そんな私を苦々しく思っていた。官尊民卑の思想にどっぷり浸かっている父は私に、法律の勉強をしろと勧めた。

「俺が養英学校で子どもたちを教えていたころ、ト・ヨンウクは新聞が届くと真っ先に李光洙《イグァンス》（一八九二―一九五〇。小説家、詩人、文学評論家。代表作に『無情』がある）の小説から読んでいたが、結局は酒に溺れアヘンを吸っているうちに死んじまった。文学をする者は皆、ろくな末路じゃないんだ」

私は父の忠告などどこ吹く風で野良仕事と海苔養殖をしながら、むきになって文学書を熱心に読み、国語教員資格試験の準備を進めた。早春から鶏を母系孵化の方法で増やしながら、畑の一つでは人参を栽培した。一人で耕しながら畑を掘り起こし、光州で種を買ってきて蒔いた後、日暮れ時から夜の帳《とばり》が下りてすっかり暗くなるまで、こつこつと休みなく水をまいた。

私が執着していることを妨げれば反抗して食ってかかるのを恐れた父は、私の将来を否定的に、悲観的な目で見つめながらも、やめさせようとはしなかった。しかし母は、私を肯定的に見た。新しいことをしてみようと飛びつく私が、いつかは成功するだろうと期待するのだった。鶏を飼い、人参を栽培することを認めてくれたのも母だった。

その年の真夏に二つの仕事が絶望的な状況に陥り、秋になると、さらに二つのことが破綻してしまった。

七十七羽まで増えた鶏が急性の家禽《かきん》コレラのため十日後に全部死んでしまった。庭の隅に鶏小屋を作って鶏を管理したのだが、朝起きてのぞいてみると、止まり木の下に六、七羽の鶏が死んで落ちていた。死んだ鶏の前で私は胸が張り裂ける思いをどうすることもできなかった。野菜畑の端に膝ほどの深さの穴を掘り、死んだ鶏を全て埋めた。死んだ鶏を投げ入れて土をかけるとき、私は自分の体が埋められでもするように胸が塞がり、悲しかった。

その上、人参の栽培までもが失敗してしまった。五枚の畑に種を蒔き、日が沈むころになるとまめまめしく水やりをしたのだが、人参の種は芽を出さなかった。種が悪かったのだろうか、栽培方法に問題があったのだろうか。ともあれこの二つの失敗によって私は絶望した。私は交際中の女子学生に、失敗した苦しみと絶望と虚無的な気持ちを長文の手紙に書いて送った。

そして〈えーい、どうにでもなれ〉と私は中学校准教員の試験準備だけに没頭した。真夏に光州西中学校の一教室に用意された試験会場に入り試験を受けたのだが、私は答案用紙にたった一つの正解すら書くことができなかった。郷歌《ヒャンガ》（新羅中期―高麗初期、民間で流行した古代詩歌）と高麗歌謡の解読、語源研究、『三国遺事』（高麗時代に僧の一然（イルヨン）が編纂した歴史・説話書）『三国史記』（高麗時代に王命を受けて金富軾（キム・ブシク）が著した新羅・百済・高句麗の歴史書）、ウリマルボン（国語学者の崔鉉培（チェ・ヒョンベ、一八九四―一九七〇）が著し一九三九年に初版を出したハングルの文法書）の深い理解、完璧に丸覚えした古代時調《シジョ》（古代から伝わる朝鮮固有の定型詩）の読解問題は、まったく出題されなかった。

絶望的な気分で帰宅した私を、交際していた女子学生からの一通の手紙が待っていた。内容は、自分はある小学校に教育実習を受けに行くが、この私の道と、農漁業者で文学青年のあなたの道はあまりにも隔たっている、というものだった。立派な農民小説家になって良い暮らしをするように、というのが私への手紙の締めくくりで、今後はもう文通をやめにしようとの駄目押しの言葉が末尾に付記されていた。

私は絶交を告げる彼女の手紙に意地と復讐心が湧き起こった。それまでに彼女から来た手紙の全てと写真を持って台所に入った。母が食事の準備で焚き口に薪をくべていた。手にしていたものを全て焚き口に放り込むと、驚いた母は慌ててそれらを火かき棒で取り出した。燃えかけの女子学生の写真を見つめていた母は、ぎこちなく笑いながら「かわいいことはかわいいけれど、おまえとは縁がないみたいだね。忘れておしまい。おまえにはもっと良い縁があるだろうから」と言った。

絶望に陥っている私に父は言った。

「世の中ってものは、そんなにおいそれとはいかないものだよ。くだらん考えなんぞ全部捨てて、春夏には米や麦の野良仕事をしっかりやって、冬には海苔養殖も熱心にすることだ。おまえの将来を開いてくれるのは海苔養殖だけだ」

父のその言葉は、私の全ての失敗を当然の結果と思っているということだった。この失敗のせいで私が別のことを考えなくなったと、安心していた。

父は白地のトゥルマギを肩に掛けて大徳《テドク》市場に行き、牛を引いてきて私に、人参栽培に失敗した畑をこれで耕せと命じた。全てに失敗した私が深くうつむいたまま父に雇われた作男のように従順に野良仕事と海苔養殖をしていると、父は安心して遊びに出掛けた。

私はうなだれた。父をはねつける妙案がなかった。なぜ私のすることは何もかも破綻してしまうのだろうか。しかし、誰を恨むこともできなかった。全て自分のせいだった。私は悔しくてならなかったが、自分をぐっと押し殺したまま父の命じる仕事をした。

ところが午後、日が沈むころに人参栽培に失敗した畑を耕しているとき、思いがけない事故が起きてしまった。畑を耕している途中、しばらく休んでいると、牛が唐突に走りだしたのだ。恐ろしい幻でも見たのだろうか。それとも虫に刺されでもしたのだろうか。

走っていって牛を捕まえようとしたが、おびえた牛は走り続けて家に戻ってしまった。その途中に畑の土手にぶつかった犂が壊れた。

私はしばらく、耕しかけたままの畑の中にぼんやりと突っ立っていた。怒りがこみ上げて目の前が暗くなった。度重なる失敗と失恋の悲しみの中で、生きている自分がただでさえ恨めしくてならないのに、牛までが私の堪忍袋の緒が切れるように仕向けているのだった。間抜けな自分を殺してしまいたかった。

父が〈ゴムのような性格〉と言った通り、母方似の私は普段から優柔不断で、我慢強かった。ところが、このゴム質の性格で黙って生きてきた私の忍耐強さが破綻した状況、爆発、あるいは発狂する臨界点に達していた。

私は平常心を保って家に戻ることができなかった。三差路の呑み屋に入ってマッコリを一升注文し、それを呑み干した後さらに一升呑んだ。マッコリはほろ苦くきつかった。呑み屋を出て家に向かう私は酔いで目が回った。私はふらつきながら小道を上った。

世の中は私を片隅に追い込み、猛々しく殴りつけた。私は、自分を攻撃する世の中に向かって悪あがきをするように拳を振り回したかった。このままぱっと狂ってしまいたかった。

家に戻ると、牛は牛小屋に入っていた。母が私に言った。

「なんで牛がこんなにすっ飛んで帰ってきたんだい？　畑を耕していて何かあったのかい？」

私は黙って倉庫から太い針金とヤットコを探し出し、牛小屋に入った。針金を一メートルくらい切って牛の鼻輪をつかんだ。牛が必死にもがいて騒いだ場合、木製の鼻輪が折れる可能性があるため、それを防ぐために針金を鼻輪に差し込み、手綱にぶら下げた輪にしっかり縛りつけた。

酔ってハアハア荒い息をしている私の、険悪そうにゆがんだ顔と殺気立った目、わなわな震えている手に気づいた母が、私の背後から「息子や、動物はそうっとなだめながら使うものだよ。動物に腹を立てる者は動物より愚か者なんだよ」と穏やかに言い聞かせた。

知ったことかというふうに私は、牛の鼻輪と針金を一つに合わせてつかみ、太い縄でぐるぐる巻いた。不安になった牛が頭を振って抵抗したが、私は針金の鼻輪を引き寄せて牛の頭を柱にぴったりくっつけて縛った。牛が身動きできないようにしたのだった。私が何をしようとしているかわかった母は「息子や、おまえはなんでこんなことを！　動物は何もわからないんだよ、我慢しなさい。人間が我慢するのよ」とじりじりした声で言った。

私の中で熱い火の塊が噴き上がっていた。上着を脱いで投げ捨てた。素っ裸になった。太い手綱をむちのように右手に巻きつけた。左手で針金の鼻輪をつかみ、手綱の先で牛の顔をたたきつけた。柱に縛りつけられた牛は避けようもなく、大きな目をぱちくりさせながら息を荒げてまともに私のむちを受けた。私は牛の顔を左側からたたき、右側からも打った。牛の鼻と口から血が流れた。牛が長い舌を出して血をなめたが、血は流れ続けた。血を見た途端、私はさらに怒りがこみ上げ、喚きながら打ち据えた。牛は前脚と後脚と尻尾を左右に振ったり体をよじったりしながら、ぼろぼろと脱糞した。

そのとき、家に戻った父が私の仕業を見て「こいつ、やめんか！」と叫んだ。父の声を聞くと私はさらに怒りがこみ上げ、力いっぱい牛をたたきつけた。牛が苦しみながら「ウモーオ」とうめき声をあげ、私は目の前が暗くなった。私は自分のしていることが自分でもわからなかった。

父が再び大声で私を叱りとばした。

「このばか者が、この牛を誰のものと思ってたたいてやがる、牛をたたくやつがこの世で一番の愚か者だ。やめろと言ったらやめんか！」

父は私に飛びかかり、手綱を持っていた右腕をつかんだ。私は父を力いっぱい振り払い、父は台所の床に座り込んだ。私は手綱で打ち据えるだけでは気が収まらなかった。無性に牛を斧で打ち殺したかった。そして自分も死んでしまいたかった。薄汚く青白い闇が私を包んでいた。私は「ああっ！」と声を張りあげながら牛を何度も殴りつけた。

そのとき誰かが私の横に近づいて私を抱きしめた。その瞬間、母のむっとする乳香が私の鼻と肺に流れ込み、私は手にぐるぐる巻きつけていた手綱を離して母の胸に顔を埋め、全身の力を抜いて「ううっ、ううっ」とおえつした。母は私を抱きしめるようにして部屋に入り、私は部屋の床にぐったりと横になったまま号泣しだした。母は私を胸にかき抱いて幼子をあやすように「ようし、ようし、おまえのつらい気持ち、この母ちゃんがすっかり知ってる、何もかも母ちゃんはわかってる。泣いて気が済むんだったら、いくらでもお泣き」と言った。夜が更けて私はようやく泣きやみ、寝入った。

母がこのように抱きとめて慰めてくれなかったら、どうなっていただろうか。父からとがめられてばかりだったら、私は何か大変なことをしでかして青松《チョンソン》監護所（慶尚北道青松にあった刑務施設）暮らしでもするようになっていたかもしれない。

家出

その年の冬、一つのうわさが流れた。天冠山《チョングァンサン》の西南側の山麓にある山外洞《サノェドン》で二十一歳の青年が裏山のふもとにある木の枝で首を吊って死んだといううわさだった。その青年は高校を卒業した後に帰郷し、定職に就かずぶらぶらしていた。青年の父が、友人と酒を呑むなどぐうたらしている息子を不快がって叱ったところ、自死したらしかった。

私はその青年を嗤《わら》った。私の辞書には、自死という言葉がなかった。私は絶望がいくら重なっても、刑罰を受けたシジフォスのように私の運命を山の頂上に押し上げなくてはならないと考えながら暮らしていた。冬の間ずっと海苔養殖を熱心に行い、海苔は豊作だった。父は、海苔のもうけで田を買った。

私が文学をするのを父は極度に嫌った。小説の本をいつも近くに置いている私に父は、「文学をやめて上級国家試験の勉強をするなら、俺がパンツを売ってでもおまえを支えてやる」と言った。

そのような父に、私は言った。

「ぼくを作男にして暮らしたつもりで一年分の報酬をまとまった金でくれたら、それで本商売をしながら勉強するよ」

私は部屋に本を山積みにして読むのが夢だった。昼は市場の地べたに本を並べて商売し、夜は本を読むということで、そのようにして詩人なり小説家なりになるということだった。そのような私の望みを、父は無視した。

「地べたにはいつくばって働くんだ。かわいい嫁さんをもらったら、今度買った田んぼを二枚と畑を一枚と木造船を一隻と……それにちゃんとした家を一軒建てて、分家させてやるからな」

翌年三月初めの、ある日の夜、海での仕事に疲れてぐっすり寝入っていたのだが、誰かが門の外から私を呼んだ。会鎮《フェジン》で暮らしている友人だった。真夜中近かった。友人と私はクンドンネ集落の浜辺の呑み屋に行き、酒を呑んだ。友人は軍隊に入っていたが、脱営して人目を忍びながら私をよく訪ねてきた。彼は詩と流行歌の歌詞を作るのを楽しみ、ギターを弾き、そして酒浸りの暮らしをしていた。

私と友人は、カミュ、サルトル、ニーチェ、宗教裁判後に「それでも地球は回る」と言ったガリレオ・ガリレイ、コペルニクス、不条理の英雄シジフォスを肴に、へべれけになるまで酒を呑み、海辺の砂浜をうろつきながら〈がんばれ、クムスン〉（韓国歌謡界の伝説的な歌手、玄仁（ヒョニン、一九一九―二〇〇二）が一九五三年に発表した歌。朝鮮戦争の混乱の中で生き別れになった恋人を懸命に捜すという内容の歌詞で、大ヒットした）を声の限りに歌った。ザーザーと波が寄せる砂浜に座って私は友人に「波が何と叫んでいるか、わかるか？　我慢しろ、我慢しろと声を張りあげているんだよ」と言った。

友人は私に、大学に行けと勧めた。

「ほかの大学には行くな、徐羅伐《ソラボル》芸術大学（かつてソウルにあり、著者は農業と海苔養殖業に従事した後、一九六一年に進学した。一九七二年にソウルの中央大学校に吸収合併された）の文芸創作科に入れ。初級大学（かつて社会人のための高等教育を行った機関で、二年制と四年制があった）だから、働きながら通うこともできる。そこに金東里《キムドンニ》（一九一三―一九九五。韓国の著名な小説家。金東里文学賞がある）、黄順元《ファンスノン》（一九一五―二〇〇〇。韓国の著名な小説家、詩人。黄順元文学賞がある）、徐廷柱《ソジョンジュ》（一九一五―二〇〇〇。韓国の著名な詩人）、朴木月《パクモグォル》（一九一六―一九七八。韓国の著名な詩人）……みんないるんだよ。俺はそこに行って何度かもぐりで受講したことがある。おまえはそこに行って詩人になるなり小説家になるなりしろ。俺が予言しておくが、おまえにはそれができる」

明け方に友人はハンジェ峠を越えて会鎮に戻り、私は家に戻って寝た。

ちょうど、海で網ひびを引き揚げて海苔を採取しなくてはならない多忙な仕上げの時期だった。父は、日が昇っている時刻まで寝坊している私を起こした。父は昨夜、私が脱営した友人と会って酒を呑んだことに気づいていた。脱営したことで人生がすでにおしまいになった友人と親しく付き合っていることに不満だった父は、縁側に座って憎まれ口を並べ立てた。私は我慢ができずにがばっと体を起こし、部屋の戸をぱっと開いて出ていきながらぶっきらぼうに言った。

「いつ網ひびを引き揚げようが、ぼくが海苔を採取するんだからほっといてよ」

私の言うことなど歯牙にもかけずに、父はとがめた。

「将来の見込みがないやつと昼も夜も付き合っていたら、おまえも同じような人間になっちまうぞ。しっかりしろ。何事にも時ってものがあるんだ。気温が高くなったら海苔は日ごとに腐っていくぞ。今朝の潮時をまた見送るつもりか？　おまえのゴムみたいな性格を直せずに小説の本なんか横に置いて……のんべんだらりと……そんなふうに暮らしていたら、おまえもあのおじたちみたいに貧乏になっちまうぞ」

それを聞いた瞬間、縁側に出ていた私は部屋に入りながら、バシッと大きな音を立てて戸を閉めてしまった。父は私の痛い部分をほじくったのだった。幼いころから私は、母方のおじたちのようにゴムのような性格だ、という父の言葉を極端に憎んでいた。

私が十歳のころ、外出して夜遅く帰宅した父は、祖父の部屋で寝ている私と兄を前にして祖父にこう語った。

「上の子はせっかちで目もくりくりして生気があるけれど、下の子は母方に似てゴムみたいに優柔不断な性質で、背は高くて顔立ちはいいけれど大きな仕事を成し遂げる器じゃないみたいです」

父のその言葉は大きくなってからも、私の脳裏に爆弾のように潜在していて、よく出し抜けにひょいと飛び出した。

私は表の縁側に座っている父に向かって「目がくりくりした上の子が除隊して戻ってきたら、その上の子と一緒に元気に暮らしなよ」と叫んだ。それを聞きとがめた父が「この生意気なやつめ、父親への盾突き方をどこで習ってきてそんなふざけたことをぬかしやがるのか！」と叫びながら私の部屋に駆け込んできた。厳格で性格が火のように激しい父だった。

「文学をする奴らは皆、父親にピーピー歯向かうのか？」

父は、私の机の上にある本立てに挿していた本を庭に投げ捨てた。私が大事にしている『ハングル大辞典』、小説、詩集、定期購読中の雑誌「思想界」、世界古典文学、哲学書だった。外を見ると、私の大切な本が庭で、ページをでたらめに開いたまま転がっていた。

母が続いて入ってきて「どうしてあなたは自分の思い通りにしようとばかりするの？」と父の背中を押して出ていった。父は母に押し出されながら叫んだ。

「してみたところで物乞いになるのが関の山の文学をするって言うんだったら、今すぐ家を出ていけ」

私はこみ上げる腹立ちを抑えきれず、黙りこくって床に寝そべってしまった。

父はそれ以上私にかまわず、三男を先に歩かせて不自由な足取りで海に出掛け、母は庭に散らばっている私の本を拾い上げて部屋に運んだ。拍子抜けしたまま横たわっている私の顔をなでさすったり、胸を軽くとんとんたたいたりしながら「坊や、おまえが我慢しなさい。父ちゃんも気が静まったらきっと後悔するよ。母ちゃんは先に海に出るから、おまえはご飯を食べてから出てきて、きれいさっぱりせっせと網ひびを片付けてしまおうね」と言い、出ていった。

少しすると、家の中はがらんとなった。私は、自分の力で金を稼いで商売をするなり進学するなりしたかった。ぼくを捜さないでという長文の手紙を書き置きして、家を出た。

私が家出をしたその日の夕方、母は私が書いた手紙を何度も読んだ後、幼い子どもたちを連れて裏山に登っていったという。裏山には私がよく運動をしに通った道があった。大小の松の木が茂った急な坂道だった。母は、もしや息子が松の木で首をくくって死んでいやすまいかと思って、私の姿を捜したのだった。

家に戻った母は父をなじりだした。

「何をしているの？　すぐ、あの子が行きそうな所を捜し回ってみてよ。会鎮のサンスの家にも、長興のナムウェ里のトンファの家にも行ってみてよ」

父は白地のトゥルマギを引っ掛けて杖を突きながら出掛け、まず母が行き先の一つに挙げた会鎮とナムウェ里の友人宅に出向き、それから親戚の家も捜し回ってみたが、見掛けた者はどこにもいず、父は暗い顔をして戻ってきたという。

母は、家出をした私を昼も夜も心配しながら泣きじゃくっていた。母が泣くと幼い弟と妹たちも一緒に泣いた。家の中は四六時中、母の愚痴る声と泣き声で満たされていた。

四日間、私は宝城《ポソン》のヨンムン集落にある他人の家で過ごした。ある金持ちの家の麦畑で、よく育つように麦の根元に土を盛り上げたり、田を耕したり、その家の庭を掃いたりした。作男暮らしを一年間して、その報酬で本商売をしながら文学の勉強をしようという考えだった。ところが、その一年間はあまりにも遠く果てしなかった。私は、自分がこの三年間作男暮らしをするように海苔養殖と野良仕事をした末に、そのもうけで父が購入したという田んぼ二枚を売ってくれと父に言い、その金で本商売をするなり進学するなりしようと思って家に戻った。

まさに夕闇が迫るころ私は家に帰りついたのだが、母は台所で食後の後片付けをしながら「あぁ、日が暮れるのにあの子は今日も帰ってきそうにない」と繰り言を並べながら泣いていた。私が台所をのぞき込んで立っていると、野原からちょうど戻ってきた弟が「母ちゃん、下の兄ちゃんが帰ってきたよ」と言い、母は台所から飛び出して私を抱きしめ、ぴょんぴょん跳び上がりながら泣いた。部屋の中にいた幼い弟と妹たちが皆、飛び出してきて母につられて泣きだした。家の中はまるで喪家のように、泣き声で満たされた。

私が部屋に入ったとき、父は私から顔をそらし、向きを変えて座った。家出をした無情な息子に対する口惜しさの表現なのか、流れる涙を息子に見せまいとしてなのかわからなかった。私は、顔をそらした父に向かって膝を折り、深くお辞儀をした。

父が私に向かって座り直したとき、母が整えた食膳を持って入ってきた。父は喉を詰まらせながら言った。

「田んぼ二枚買ったのを、また売ってやる。本商売をしながら好きな文学をするなり何なり、おまえの好きにするがいい。これから俺は、おまえの人生にいちいち口出しはするまい」

そのとき母が「いいや」と言った。「ソウルのその大学にお入り。お金やら田んぼやら皆何の役にも立ちゃしない。人間そのものにこそ一番の値打ちがあるんだよ。おまえがいつも口癖みたいに言っている金東里《キムドンニ》先生や徐廷柱《ソジョンジュ》、朴木月《パクモグォル》先生がいるというその大学にお行き。おまえが重たい病気になるくらい作男同然に働いて稼いだお金で買った田んぼなんだから、その田んぼを売り払ってからお行き」

こうして私はその年の春、ソウルの彌阿里《ミアリ》峠の横にある徐羅伐《ソラボル》芸術大学文芸創作科の門をくぐった。

母の海

きょうだいは皆、母を火葬して父の墓に納骨することで意見が一致した。母の柩が火葬場の炉に入れられるとき、私は「お母さん、お父さんと一緒に極楽で暮らしてください」と言った。弟や妹たちは合掌したまま声をあげて母を呼んだ。

遺灰が出てくるのを待ちながら、売店で焼酎を一瓶呑んだ。ぼんやりと酔った状態で遺骨を納めた桐の箱を抱えた。父の墓に向かう霊柩車の中で、私は目を閉じたまま車の揺れに身を任せた。父の墓の片側の面を縦に掘って母の遺骨を納めた後、埋め戻して芝生で覆った。別れの盃を捧げ、母の遺影を抱いて帰宅した。

翌日、タクシーに乗って母の海である前方の干潟に行った。母が娘時代にマダコやミズダコやナマコ、ボラやギンポを捕ったり貝類を採取したりした海を見つめながら、砂浜にずっと座っていた。遠い海から走ってきた波がザーザーと白く砕けた。

砂浜は娘時代の母が、銀色の魂のようなスナガニを捕ったり砂山作りをしたりした遊び場だった。砂丘には一房の海棠《かいどう》の花が咲いていた。その横には、ミニトマトのような形の黄色い実がなっていた。

藍色のチマに白いチョゴリを着、おさげにした黒髪の先に紗《しゃ》の手絡《てがら》を付けた十五の娘が、頭には銀色の蛍袋の花と橙色の山百合の花を挿し、チョゴリの衽《おくみ》には西洋昼顔の花を下げていた。砂浜で湿った砂に片手を埋め、片手でそこに砂を被せてたたきながら「小鳥さん、小鳥さん、家をお建て。キジさん、キジさん、水をお汲み」と砂遊びのわらべ歌を歌っていた。打ち寄せる波の前に立ち、養英学校のアダム先生が書いてくれた原稿通りに演説の練習をしていた。

死後、魂はあるだろうか。極楽や天国はあるだろうか。それらはすべて虚像にすぎず、この世はひたすらむなしいものなのだろうか。一つの波が砂浜でもんどりを打って砕け、追ってきた波がまたそこで砕けた。老いも死も知らず永遠に生きる神のもう一つの姿である海の前で、限りある生命体の私は母の時間を思った。真紅の海棠の花に顔を近づけた。芳しい香りが私の肺腑を満たした。顔を上げると、空にはインドの白い象のような一塊の雲がどこへともなく流れていた。

作家のことば

母、宇宙の根、あるいは天秤のような救いの女神

十四、五歳の中学生の少年は、長興邑で自炊しながら学校に通う一週間、ずっと母を恋しがった。土曜日になると、午前中の授業が終わるやいなや学生かばんを提げて山を越え新道を走り、野と海を越えて八十里も離れた島の村にある家によく走っていったものだった。星がきらきら光っている夜中に家に入りながら「おっかぁ！」と呼ぶと、母が裸足で駆けてきて少年を抱きしめながら「あれまぁ、愛しい息子や、こんなに遠い道をなんでまた歩いてきたの！」と言い、部屋に連れていった。その少年が、今の私だ。少年の私を八十里離れた所から引き寄せる強い磁性のような母とは、一体全体どのような存在なのだろうか。

この世に存在する全ての人は、母体の羊水で十カ月間泳いだ後に生まれ、母の白い血（乳）を飲んで育った。世にある全ての者は母親に、一生返し続けても返しきれない借りを負っている。私は今の今まで母に借りを返すために生きてきて、今この文を書いているのも、その返済の一環なのだ。

私は幼いころ母を〈おっかぁ〉と呼んだのだが、今もこの言葉を口にするたびに胸と喉がじんとして涙が出る。

母とは何なのか。

〈谷神《こくしん》〉は玄牝《げんぴん》であり、玄牝の門は天地の根《こん》であると老子は言ったが、私は谷神を〈母〉と解く。強いて言えば、この小説は母の意味、価値、神々しさを私なりに手探りしてみたものだ。母は、私をこの世に存在させた宇宙的な根であり、私を救い、慰め、痛みを癒やしてくれる女神である。

傘寿が近づく中で私が書いたこの自伝的な小説は、これまでに書いてきた小説の総体的なものでもあり得るはずだ。短編小説「やもめ」「石油の灯火」「霧の海」と長編小説『元暁《ウォニョ》』（日本語読みは「がんぎょう」または「げんぎょう」。六一七―六八六。新羅時代の華厳宗の僧侶。新羅浄土教の先駆者）『愛』『五升の麦』『父と息子』『東学制』『海山に行く道』（自伝的な小説。〈海山〉は著者の故郷の意味でもあり著者の号でもある）の中からエピソードの一断片ずつを引いて書かないわけにはいかなかった。

母を通して聞いた母方の祖母の藍染め仕事を形象化するために、名人韓光錫《ハングァンソク》氏の著書『藍染め』（大元《テウォン》社、一九九七年）を参照した。

小さいころから母方に似ているという言葉をしばしば聞きながら育ったのだが、私はそれが最初は嫌だった。しかし、物心がつくにつれてその言葉が誇らしくなった。

母方の祖母は康津《カンジン》郡七良面《チリャンミョン》のある村で生まれたのだが、十七歳になった一八九四年に起きた東学革命の混乱の中で、一人きりの兄を長興の石台《ソクテ》の原での戦闘で亡くしたという。官軍と民保軍による東学弾圧が激しくなると、徳島《トクト》出身の自分の母に連れられて徳島に疎開し、そこで暮らしているうちに母方の祖父と出会い、私の母を産んだのだった。私の母は、日本による植民統治期と解放前後のめまぐるしい時空で辛酸をなめつつ暮らしながら私を産み育てたのだが、今日の私があるのも、意志の弱い私が病んだり絶望して彷徨《さまよ》ったりするたびに母が私を慰め、希望を持つように励ましてくれたおかげである。

わが民族の家族制度では、ある家庭に入ってきた嫁がその家庭の体質を変える宇宙的な畑なのではあるまいか。

私の文壇デビュー五十年である今年にこの本を出してくれた文学トンネの皆さんに感謝している。

二〇一六年十月

海山土窟《ヘサントグル》主人　韓勝源《ハンスンウォン》

訳者あとがき

井手俊作

　韓勝源《ハンスンウォン》さんの名前を私が最初に知ったのは、韓国語を学び始めて間もないころ観た、林權澤《イムグォンテク》監督、姜受延《カンスヨン》主演の韓国映画『アジェ・アジェ・パラアジェ』（一九八九年、邦題は〈ハラギャティ〉）のタイトルバックによってだった。ある不運な出来事から寺院を追い出され、俗世にまみれながらも真摯に自己を探求し続ける尼僧の姿が心を打った。この映画で姜受延はモスクワ国際映画祭の主演女優賞を受賞している。作家を私と結びつけてくれた映画だった。

　この映画の封切りから四半世紀後、二〇一四年の秋に韓勝源さんと直接お会いすることができた。私は当時、新聞社の文化部に勤務していて、同僚記者が「全羅南道長興《チャンフン》での李清俊《イチョンジュン》文学祭に招かれたけれど、一緒に行きませんか?」と声を掛けてくれたのだった。この誘いが、翌夏に退社して韓国文学の翻訳が主な楽しみになった私を、九州とは一衣帯水の地にある朝鮮半島南部、長興の文学世界へと向かわせてくれた。

　長興を訪れた初日の夕、地元作家の案内で韓勝源さん宅を訪れ、インタビューをさせていただいた。作家は前年の二〇一三年にお母さんを亡くされている。そのころはまだ深い悲嘆のなかに沈んでおられたに違いない。そうとも知らないまま、作家が淹れてくださった韓国茶をいただきながら私は、韓国における〈恨《ハン》〉の本質などについて尋ねた。作家は、問いの一つ一つに丁寧に答えてくださった。この取材を機に、作家との縁がぐんと深まった。

　韓勝源さんの娘さんで作家、韓江《ハンガン》さんの光州事件を主題とした小説『少年が来る』の翻訳出版

（二〇一六年秋）に続き、韓勝源さんの『月光色のチマ（原題＝露草母さん）』を翻訳出版できたことは幸運だった。父と娘の作品の翻訳を手掛けることなど、めったにないはずだから。ヒロイン〈チョモン〉のモデルは、韓勝源さんのお母さんであり韓江さんのおばあさん。翻訳によって縁が深まった親子作家のルーツをたどる時間旅行に同行しているような気がしたものだ。

一九六八年に大韓日報の新春文芸で短編小説「木船」が当選したことを文壇への本格デビューとすると、韓勝源さんの作家活動は五十年を超した。これまでに著した作品は多彩で膨大だが、「木船」をはじめ郷里・長興の海辺に生きる名もなき人々の切実な生を丹念に粘り強く描き出した作品群は文壇で注目され、〈海の作家〉と呼ばれてきた。

この小説でも、〈名もなき人々の切実な生〉を見つめる作家の深いまなざしは変わらない。いや、作家はそのようなまなざしをさらに研ぎ澄ませることで、客観的にはなかなか見つめにくい〈母〉の魂を、〈月明かりのチマに身を包んだ女神〉のようにかけがえのない存在を、幾度踏まれようと立ち上がる粘り強い生命力を備えた露草のようなかたちに昇華させたのだと思う。

作家の母親（実名＝朴貴心《パククィシム》さん）は、日本による植民統治が始まってまだ日が浅い一九一〇年代半ばに生まれ、一人の主婦として、また母として百年近い生涯を生き抜いた。そして、作家はずっと〈お母さん子〉だった。幼少期はもちろん、古希を過ぎてからも。巻頭に母への献辞が記されているように、この作品は何よりもまず母へのレクイエムなのだが、同時に、作家自身の今日に至るまでの半生の記でもあり、家族史でもある。

こうした私的な要素を帯びつつも、この作品は歴史小説を思わせるような重厚な構造を備えている。約一世紀を生き抜いたチョモンの物語には、彼女の母や祖母の人生を含む朝鮮半島近代の百二十年史がぴたりと貼りついていて、私たちを絶え間なく歴史の襞へと誘うのだ。

例えば、作中に出てくる東学農民運動。日本と清（当時）が朝鮮半島に進出する契機となり、日清戦争（一八九四―九五）に発展するという、朝鮮半島が近代の序章で遭遇した重大な事件だが、チョモンの母方の祖母が日本軍による激しい東学軍への攻撃で東学に加わった息子を亡くし、凍てついた大地を手で掘って、やっと探し当てたなきがらをそこに埋葬する場面は悲痛極まりない。長興は、東学農民運動の最後の激戦地になった。作家の三世代ほど前の一族は激動の朝鮮半島近代史に、これほどにも密に接していたのだ。いや、こうした身近な悲劇は何も例外的なことではなく、朝鮮半島に生きる人々が大なり小なり記憶に留めていることだろう。

日本の敗戦と同時に植民統治から脱したものの、深刻なイデオロギー対立から朝鮮戦争が勃発、軍と軍の戦闘によってだけでなく、各地の地域共同体の内部でも同族が殺し合う悲劇が起きたが、チョモン一家は幸運にも九死に一生を得た。もしも襲撃計画の情報が直前にもたらされず、知らないまま自宅で寝ていたとしたら、当時十二歳だった韓勝源さんも死んでいた。当然、韓江さんもこの世に生を受けはしなかった。危機一髪で裏山に逃れ、白い月明かりの下で息を潜めて一夜を過ごす親子の様子が作中にある。朝鮮戦争の休戦後、長年にわたる分断の歳月を経て今日に至っている半島の人々の来し方と辛苦を思わずにはいられない。

こうした過酷な歴史だけでなく、この作品には朝鮮半島に根付いている多様な風俗、宗教、思想が現れる。儒教、仏教、キリスト教、西学（キリスト教）に対抗して十九世紀半ばに朝鮮半島に興った新宗教の東学と、後の天道教、民間に伝わる土俗的な祈禱で悪鬼を追い払おうとする巫堂《ムーダン》……。それらが混然と溶け合ってこの地に生きる人々の精神と社会の基層が形成されているのだろう。

海、それも、干潮時に黒々とした干潟が姿を現す遠浅の海は、作家にとって豊かな命を育む母体そのものだ。少女期のチョモンは、干潟の岩場でミズダコ捕りに夢中になる。死んだ少年少女の魂とされるスナガニと砂浜で無心に戯れる。長く伸ばして編んだ髪に花を飾った彼女の姿は、海辺を舞台にした童話に登場する天女のようだ。〈海〉を描くとき作家の筆は自在さを増し、神話性に満ちた物語を紡いで読者を癒やしてくれる。

読む角度によってさまざまな模様を見せてくれる万華鏡のようなこの作品の魅力を、翻訳でどこまで再現できただろうか——。

＊　＊　＊

この本は、韓国文学翻訳院の翻訳支援と出版支援を受けて出版することができました。支援の手続きをしてくださった翻訳院の李善行《イソネン》さん、訳文を丹念に点検してくださった鄭現心《チョンヒョンシム》さん、そして出版と校正の労を引き受けてくださった書肆侃侃房代表の田島安江さん、美しい本に仕上げてくださった、装幀家の毛利一枝さん、池田雪さん、黒木留実さんをはじめ編集スタッフの皆さまに心より感謝しています。

■著者プロフィール

韓勝源（ハン・スンウォン）

1939年、全羅南道の長興で生まれ、徐羅伐《ソラボル》芸術大学文芸創作科を卒業、1968年、大韓日報の新春文芸に短編「木船」が当選して創作活動を開始。故郷の海辺に生きる人々の姿を中心に土俗的な香りのある文体で描き、〈海の作家〉と形容される。現代文学賞、韓国文学作家賞、李箱文学賞、大韓民国文学賞、韓国小説文学賞、韓国海洋文学賞、韓国仏教文学賞、米国桐山環太平洋図書賞、金東里文学賞など受賞多数。小説集に『前山も畳々と』『霧の海』『さ迷う鳥』『廃村』『入り江の月』『わが故郷　南の海』『セトマウルの人々』『海辺の旅人』『希望写真館』など、長編小説に『アジェ・アジェ・パラアジェ』『我々の石塔』『海に昇る朝日』『詩人の眠り』『東学制』『カーマ』『父のために』『蓮花の海』『海山に行く道』『夢』『愛』『花蛇』『ホテイウオ船』『隠者』『黒山島の空の道』『元暁』『秋思』『茶山』『五升の麦』『ピープル仏陀』『港々浦々』『冬の眠り、春の夢』『愛よ、血を吐け』『人の素足』『水に浸かった父』などがある。

■訳者プロフィール

井手俊作（いで・しゅんさく）

1948年、福岡県大牟田市生まれ。1974年、早稲田大学政治経済学部卒。新聞社勤務を経て2009年に韓国文学作品の翻訳を始める。訳書に崔仁浩《チェイノ》の小説集『他人の部屋』(2012年 コールサック社）と小説『夢遊桃源図』(同)、韓江《ハンガン》の小説『少年が来る』(2016年 クオン)。

韓国文学の源流

月光色のチマ　달개비꽃 엄마

2020年3月4日　第1版第1刷発行

著者　韓勝源
翻訳者　井手俊作

発行者　田島安江
発行所　株式会社 書肆侃侃房（しょしかんかんぼう）
〒810-0041福岡市中央区大名2-8-18-501
TEL 092-735-2802
FAX 092-735-2792
http://www.kankanbou.com
info@kankanbou.com

編集　田島安江、池田雪
DTP　黒木留実
印刷・製本　モリモト印刷株式会社

ISBN978-4-86385-393-5 C0097